▲1940년 강경상업학교 재학 시절.　▲1946년 무렵 강경상업학교 친구들과 함께. 가운데가 박용래 시인.

◀1955년 12월 이태준 여사와의 결혼식.

▲1960년 후반 대전의 어느 시낭송회에서.

▲1968년 대전 오류동 자택 화단 앞에서. 앞줄 왼쪽부터 첫째 박노아, 둘째 박연, 셋째 박수명, 뒷줄 박용래 시인, 넷째 박진아, 이태준 여사.

▲1969년 시집 『싸락눈』 출판 기념 회식 자리에서.

▲1970년 9월 제1회 현대시학작품상 시상식에서. ▲한국시인협회 시 낭송 대회에서.

▼1971년 공동시집『청와집』발간 기념 사진. 뒷줄 왼쪽부터 한성기, 임강빈, 홍희표, 신정식 시인, 앞줄 왼쪽부터 조남익, 최원규, 박목월, 박용래 시인.

▲박목월 시인 자택에서 박재삼 시인과 함께.

▲조각가 최종태가 그린 박용래 시인의 초상.

▲1971년 오류동 자택 화단에 만발한 수국과 함께.

▲1970년대 후반 오류동 자택에서 이태준 여사, 막내아들 노성과 함께.

▲1974년 경주에서 열린 한국시인협회 세미나 후 불국사에서. 왼쪽부터 박용래, 김구용, 박희선 시인.　▲1978년 계룡산 동학사에서.

▲1978년 오류동 자택 서재에서.

▶1980년 11월 23일 충남 대덕군 산내면 천주교 공원 묘지에서 열린 박용래 시인의 영결식.

◀1980년 12월 29일 한국문학작가상 시상식. 작고한 박용래 시인을 대신해 부인 이태준 여사가 수상했다. 시상자는 소설가 김동리, 뒷줄은 왼쪽부터 김구용, 박양균, 구상 시인.

▶1984년 대전 보문산 사정공원에 세워진 박용래 시비.

▲박용래 시인의 묘비.

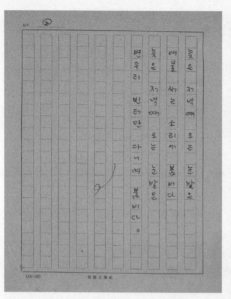

▲ 시인의 육필 원고와 생전에 출간된 시집들.

박용래
시전집

박용래
시전집

고형진 엮음

문학동네

일러두기

· 박용래 시인이 생전에 발간한 시집 순서에 따라 『싸락눈』을 1부, 『강아지풀』을 2부,
  『백발의 꽃대궁』을 3부에 실었으며, 시인이 『싸락눈』에서 추려 『강아지풀』에 재수록한
  작품은 1부의 앞쪽에 배치했다. 『싸락눈』 이후 발표한 시 가운데 시집으로 묶이지 않
  은 작품은 4부에 실었다.
· 발표와 시집 발간 과정에서 수정되었거나 시인이 소장본에 친필로 수정한 작품은 최종
  수정본을 정본으로 삼았으며, 수정 전 판본을 부록에 따로 싣고 수정 대목을 명시했다.
· 첫 시집에 수록되지 않은 등단 이전과 직후의 발표작, 미발표 유작은 부록으로 실었다.
· 정본의 표기는 현행 맞춤법을 따르되 시인 고유의 어감이 담긴 표현은 원래 표기대로
  두었다. 한자는 모두 병기했다.
· 부록에 실린 작품은 발표 지면 또는 시인의 표기를 그대로 따랐다.

차례

책머리에 박용래 시의 전개 과정과 시전집의 체제   10

1부 싸락눈 ─────────────────────

눈	25	봄	46
겨울밤	26	옛 사람들	47
설야雪夜	27	모일某日	48
땅	28	고추잠자리	50
가을의 노래	29	저녁눈	51
황토黃土길	31	삼동三冬	52
코스모스	33	수중화水中花	53
엉겅퀴	35	그늘이 흐르듯	54
뜨락	36	두멧집	56
울타리 밖	37	고향 소묘故鄉素描	57
잡목림雜木林	38	종鍾 소리	58
추일秋日	40	장갑	59
고향故鄉	41	정물靜物	60
엽서葉書	42	한식寒食	61
가학리佳鶴里	43	작은 물소리	62
산견散見	44	둘레	63
모과차木瓜茶	45		

2부 강아지풀

그 봄비	67
강아지풀	68
들판	69
소감小感	70
손거울	71
담장	72
울안	73
능선稜線	74
공산空山	75
공주公州에서	76
낮달	78
먼 곳	79
하관下棺	80
고도古都	81
낙차落差	82
자화상自畵像 1	83
창포	85
댓진	86
고월古月	87
천千의 산山	88
서산西山	89
취락聚落	90
귀울림	91

별리別離	92
미음微吟	93
샘터	94
반 잔盞	95
시락죽	96
차일遮日	98
불도둑	99
연시軟柿	100
요령鐃鈴	102
나부끼네	104
할매	105
자화상自畵像 2	106
꽃물	108
소나기	109
탁배기濁盃器	110
우중행雨中行	111
솔개 그림자	112
점묘點描	113
경주慶州 민들레	114
해바라기 단장斷章	115
현현弦	117
겨울 산山	118

3부 백발의 꽃대궁

건들 장마   121

누가   122

눈발 털며   123

우편함郵便函   124

풀꽃   125

면벽面壁 1   126

불티   127

구절초九節草   128

제비꽃   129

월훈月暈   130

얼레빗 참빗   131

목련木蓮   132

콩밭머리   133

군산항群山港   134

먹감   135

유우流寓 1   136

풍경風磬   137

동요풍童謠風   138

   민들레

   나비

   가을

   원두막

   나뭇잎

나귀 데불고   141

장대비   142

유우流寓 2   143

진눈깨비   145

해시계   146

폐광 근처廢鑛近處   147

참매미   148

곡曲 5편篇   149

   여우비

   마을

   대추랑

   황산黃山메기

   어스름

은버들 몇 잎   155

산문山門에서   156

성城이 그림   157

미닫이에 얼비쳐   158

홍시紅柿 있는 골목   159

오늘은   161

면벽面壁 2   162

영등할매   164

행간行間의 장미   165

곡曲   166

막버스 167

쇠죽가마 168

목침木枕 돋우면 170

액자 없는 그림 171

동전銅錢 한 포대布袋 172

상치꽃 아욱꽃 174

Q씨의 아침 한때 176

소리 177

풍각장이 180

4부 먼 바다

고흐 187

뺏기 189

자화상自畫像 3 191

곰팡이 193

접분接分 194

만선滿船을 위해 195

처마밑 197

계룡산鷄龍山 198

학鶴의 낙루落淚 204

난蘭 205

사역사使役詞 206

잔 207

논산論山을 지나며 208

바람 속 209

오호 210

연지빛 반달형型 211

밭머리에 서서 212

제비꽃 2 213

물기 머금 풍경 1 214

저물녘 215

물기 머금 풍경 2 216

겨레의 푸른 가슴에
축복祝福 가득 217

부여扶餘 221

버드나무 길 222

보름 223

앵두, 살구꽃 피면 225

열사흘 226

명매기 227

점 하나 228

손끝에 229

먼 바다 231

음화陰畫 232

육십의 가을 233

첫눈 234

마을 235

초당草堂에 매화梅花 236

오류동五柳洞의 동전銅錢 237

감새 238

꿈속의 꿈 240

뻐꾸기 소리 241

때때로 242

나 사는 곳 244

부록

수정 전 판본 247

시집에 싣지 않은 등단 이전과 직후의 발표작 373

노트에 메모된 미발표작 384

박용래 시 연보 404

박용래 연보 414

작품 색인 418

박용래 시의 전개 과정과 시전집의 체제

고형진

1. 박용래의 시 발표와 시집 간행 과정

박용래는 1955년 『현대문학』 6월호에 「가을의 노래」, 1956년 1월 호와 4월호에 「황토길」과 「땅」이 추천되어 시단에 나왔다. 그런데 그는 해방 직후인 1946년 2월 정훈, 박희선과 함께 『동백』이라는 시지를 만들고 여기에 「6월 노래」와 「새벽」이라는 시를 발표한 바 있다. 이 두 작품이 그가 세상에 선보인 최초의 시인 셈이다. 『동백』은 좌우 한 면으로 된 낱장짜리의 단출한 출간물이었다. 그는 이어서 『현대』, 동방신문, 중도일보 등 대전 지역에서 발간되는 신문과 잡지에 시를 발표하였다. 1925년 충남 강경에서 태어난 그는 1944년 조선은행에 입사하여 경성에서 근무하다 이듬해 대전 지점으로 발령받았는데, 해방 이후 은행을 그만둔 뒤로도 줄곧 대전에 거주하면서 문학 활동을 펼쳐나가다 1956년 중앙 문단에 등단한 것이다.

　그는 데뷔 십삼 년 만인 1969년에 첫 시집 『싸락눈』을 간행하였다. 이 시집에는 총 35편의 시가 수록되어 있는데, 그가 등단 이전에 발표한 작품들과 등단 후 중도일보에 발표한 시 한 편은 실리지 않았다. 첫 시집은 시인으로서 자기 정체성을 세상에 공식적으로 알리는 자리이다. 여기에 시를 싣지 않았다는 것은 시인이 공식적으로 그 시들을 배제한 것이고, 그것은 그 시들을 스스로 완성도가 낮은 작품이라고 여겼다는 뜻이다. 그는 자신이 시의 길로 들어선 동기와 배경을 밝힌 「벼이삭을 줍듯이」(『시문학』 1972년 5월호)라는 산문에서 해방 직후에 발표한 시들이 습작품이라고 고백하기도 했다. 한편 『싸락눈』에는 기존에 발표하지 않은 작품도 일부 수록되어 있는데, 그중 대표적인 작품이 「겨울밤」이다. 박용래의 초기 대표작으로 손꼽히는 이 작품은 그가 무척 아끼던 시였는데, 문예지에 발표하려 했으나 여의치 않아 첫 시집에 바로 수록한 것이다. 이러한 작품 수록의 양상을 살펴볼 때, 우리는 그가 이 시집을 자신의 공식적인 시적 출발점으로 삼고자 했음을 알 수 있다.

　두번째 시집인 『강아지풀』은 1975년 민음사의 시선집 시리즈인 '오늘의 시인 총서'로 간행되었다. 그는 시선집의 기획에 맞게 기존의 발표작들을 모두 싣지 않고 첫 시집 『싸락눈』부터 1975년까지 발표한 작품들 중에서 엄선한 시들로 시집을 꾸몄다. 그는 시집을 1부와 2부로 나누어 1부에는 시집 『싸락눈』의 시편들 가운데 24편을, 2부에는 『싸락눈』 이후에 발표한 시편들 가운데 45편의 작품을 선별하여 실었다.

　박용래는 사 년 뒤인 1979년에 세번째 시집 『백발의 꽃대궁』을 간행하였다. 앞의 두 시집에 비해 출간 간격이 줄어든 것은 그가 이 기간에 시를 활발히 발표했음을 방증하는 것이기도 하다. 『백발의 꽃대궁』에는 『강아지풀』이 간행된 이후에 발표한 시들이 묶였다. 『강아지풀』이 시선집이기 때문에 그전에 발표한 시들 중에도 누락된 시가 여러 편 있지만, 박용래는 그 시들을 『백발의 꽃대궁』에 포함하지 않았다. 발표 시기가 많이 지난 점과 시집의 분량을 두루 감안한 결정이라고 생각된다. 『강아지풀』 이후에 발표한 시들 중 일부도 수록하지 않았는데, 이 역시 시집의 분량과 성격, 주제의 중복 등을 두루 고려한 것으로 보인다. 그가 시집 한 권을 간행할 때마다 얼마나 심혈을 기울이며 문학적 기준을 엄격하게 적용했는지를 여실히 보여주는 대목이다.

　박용래는 세번째 시집을 간행한 이후에도 의욕적으로 창작활동을 펼치며 거의 매달 시를 발표하였는데, 일 년 뒤인 1980년 11월 21일 갑자기 세상을 떠나고 말았다. 그가 생전에 마지막으로 잡지에 보낸 작품은 『세계의문학』 1980년 겨울호에 실린 「음화」 「육십의 가을」 「첫눈」 「마을」 네 편과 통일문학회 동인지 『청파』에 실린 「초당에 매화」이다. 송고 날짜는 10월 중하순경이다. 박용래는 그로부터 한 달 뒤에 갑자기 세상을 떠났고, 『세계의문학』 겨울호와 『청파』는 그후에 간행되었다. 그래서 잡지에는 그의 다섯 작품이 '유작시'로 실렸다.

2. 박용래 시의 수정 과정

박용래는 문예지 등에 발표한 시를 시집으로 묶을 때 수정을 많이 했다. 모든 시인들이 시집을 엮을 때 작품의 완성도를 높이기 위해 수정을 거치곤 하지만, 박용래는 그 정도가 무척 심했다. 그는 많은 작품에서 시어와 구절을 교체하고 연 구분을 수정하였으며, 어떤 작품은 거의 새로 쓰다시피 하기도 했다. 수정한 대목을 살펴보면 그가 전체적으로 시를 단출하게 축약하고 시 형태를 다듬는 데 많은 신경을 썼음을 확인할 수 있다. 특히 주목되는 것은 제목을 완전히 다르게 바꾼 경우가 많다는 점이다. 시집을 묶으면서 기존에 발표한 시의 제목을 완전히 바꾸는 것은 일반적인 일은 아니다. 이 점에서 박용래 시의 수정 과정은 매우 각별하다.

첫 시집 『싸락눈』에 수록된 많은 시들은 시선집인 『강아지풀』에 재수록되면서 두 번에 걸쳐 수정되었다. 즉, 문예지에 발표한 작품을 『싸락눈』에 수록할 때 수정하고, 『강아지풀』에 재수록하면서 다시 수정을 거친 것이다. 「눈」 「설야」 「코스모스」 「뜨락」 「가학리」 「삼동」 등 초기 대표작들이 여기에 포함된다. 「추일」이라는 작품은 『강아지풀』에 재수록될 때 대폭 축약, 수정되어 원 작품의 흔적은 극히 일부만 남았고, 처음 '오후'라는 제목으로 발표된 작품은 『싸락눈』에 수록될 때 제목이 '해바라기'로 바뀌고 『강아지풀』에 수록되면서 다시 '고추잠자리'로 바뀌어 제목이 두 번이나 수정되기도 하였다. 이처럼 박용래는 기회가 있을 때마다 작품을 최대한 매만지고 손보아 완성도를 높였다. 그러니 그가 마지막으로 수정한 판본을 시인이 의도한 정본으로 보아야 할 것이다.

한편, 『싸락눈』에 실린 「세모」라는 작품은 박용래가 소장하고 있던 시집에 친필로 제목을 '장갑'으로 수정해놓았다. 박용래는 잡지 등에 실린 자신의 시를 친필로 수정해놓고 시집을 엮을 때 모두 반영하였는데, 이 작품은 시선집 『강아지풀』에 실을 작품을 선정하는 마지막 단계에서 제외한 것으로 보인다. 박용래의 마지막 시집 수록본을 정본으로 삼는 것이 시인의 의도를 고려한 것이라면, 이 작품도 '장갑'을 제목으로 삼는 것이 원칙의 일관성을 유지하는 일일 것이다.

『싸락눈』 이후에 발표한 신작을 골라 엮은 『강아지풀』의 2부도 45편 중 32편이 수정되었고, 제목을 바꾼 작품도 11편이나 된다. 세번째 시집인 『백발의 꽃대궁』도 수록작 53편 중 37편이 수정되었고, 수록작의 절반에 가까운 25편의 제목이 바뀌었다. 「노랑나비 한 마리 보았습니다 목월선생님 산으로 가시던날」이라는 긴 제목의 작품은 『심상』 1978년 5월호에 발표한 목월에 대한 추도시인데, 108행으로 된 장시의 끝에 '헌시'라는 제목으로 다시 짧은 시가 붙어 있다. 박용래는 『백발의 꽃대궁』에 이 시의 '헌시'만 따로 떼어 '해시계—목월선생 묘소에'라는 제목으로 실었다. 『강아지풀』의 2부와 『백발의 꽃대궁』의 시편들은 그후 시선집을 내거나 시인이 소장본에 수정을 한 흔적이 없으므로 해당 시집이 곧 정본이라고 할 수 있다.

『백발의 꽃대궁』을 펴낸 후부터 그가 사망하기까지 일 년 동안 그가 발표한 작품은 지금까지의 조사에 의하면 14편이다. 작품 수정은

14

대체로 시집 간행을 앞두고 이루어지는 경우가 많기 때문에, 시집을 출간한 지 얼마 되지 않은 이 기간 동안의 작품은 시인이 소장본에 작품을 수정한 흔적이 없다. 이전 시기에 발표한 시들은 시집으로 묶이지 않았더라도 시인 자신이 소장한 발표 지면에 친필로 내용이나 제목을 수정한 작품이 많은데, 일단 수정을 거친 후 시집에 실을 작품을 선정하는 마지막 단계에서 제외한 것으로 보인다. 이 작품들도 마찬가지로 시인이 최종적으로 수정한 판본을 정본으로 삼는 것이 마땅할 것이다.

3. 박용래의 유고작들

박용래가 사망하고 사 년이 지난 1984년 『심상』 10월호에 「오류동의 동전」과 「감새」, 『한국문학』 10월호에 「꿈속의 꿈」과 「뻐꾸기 소리」가 유고작으로 공개되었다. 박용래의 둘째 딸 박연이 박용래의 시작 메모 등에서 발견한 작품이다. 「오류동의 동전」은 1979년 9월 소인이 찍힌 편지 봉투의 빈 공간에 적혀 있고, 「감새」는 시 옆에 1980년 11월에 쓴 것이라고 친필로 메모되어 있다. 「뻐꾸기 소리」는 『세대』 1979년 9월호에 발표한 「동전 한 포대」라는 시와 같이 쓰여 있고, 「꿈속의 꿈」은 원고지에 정서되어 있는데 비슷한 시기에 쓴 것으로 짐작된다.

이어 1991년 『시와시학』 봄호에 「슬픈 지형도」 「이것은 쓰디쓴 담배재」「검은 밤의 그림자」세 편이 박용래의 유고작으로 추가로 공개되었다. 세 작품은 박용래의 넷째 딸 박진아가 조재훈 교수에게 건네서 발표된 것이다. 이 작품들은 앞서 『심상』과 『한국문학』에 실린 유고작과는 달리 박용래가 『현대문학』으로 등단하기 이전인 1950년대 초반의 습작 노트에 쓰인 것이다. 그는 이 시기에 집중적으로 습작을 하였고 이때 쓴 작품 중 일부를 훗날 고치고 다듬어 문예지에 발표하였다. 그 점을 고려하면 이 세 작품은 유고작이기보다는 습작품 내지는 초고로 보는 것이 타당할 것이다. 만약 이 시들이 완성된 작품이라면 그후의 삼십 년이라는 긴 시간 사이에 발표되었어야 할 것이기 때문이다.

그리고 2021년 『서정시학』 가을호에 「때때로」와 「나 사는 곳」 두 편의 유고작이 추가로 공개되었다. 필자가 박용래의 둘째 딸 박연으로부터 해당 작품이 적힌 자료를 건네받아 발표한 것이다. 「때때로」는 박용래의 습작 노트에 쓰여 있는데, 그 바로 옆에 「음화」와 「육십의 가을」이 쓰여 있다. 이 두 작품은 앞서 언급했듯이 1980년 10월 중하순경 송고해 『세계의문학』 겨울호에 발표된 작품이므로, 「때때로」도 그 무렵에 쓰인 것으로 보아야 할 것이다. 이 작품은 「음화」나 「육십의 가을」과 달리 동시풍이어서 나중에 따로 발표하려 했을 것으로 짐작되는데, 그 직후 그가 갑작스럽게 세상을 떠나고 만 것이다. 「나 사는 곳」은 '박명규 이명자 부부전' 팸플릿의 빈 공간에 메모한 작품이다. 박명규와 이명자는 부부 화가로, 그림을 좋아해 화가들과 친하게 지냈던 박용래는 그들의 전시회에 빠지지 않고 참석했고,

그들은 전시회가 있으면 늘 박용래에게 팸플릿과 초대장을 부쳐주었다. 이 팸플릿에는 전시 기간이 1980년 10월 21일에서 27일까지로 안내되어 있는데, 전시회 전에 팸플릿에 어지럽게 메모를 하는 경우는 흔치 않을 것이므로 이 시는 전시가 끝난 후인 11월 초중순경에 쓴 것으로 짐작할 수 있다. 박용래는 그 직후인 11월 21일에 사망하였으니, 이 시가 그의 마지막 유작이라고 할 수 있을 것이다.

필자는 이번에 박용래 전집을 간행하며 그의 둘째 딸 박연으로부터 박용래의 습작 노트와 그의 시가 메모된 자료 전체를 건네받았다. 자료는 크게 보아 그가 집중적으로 습작하던 1950년대 초반의 것과 1975년경 이후의 것으로 나뉘는데, 둘의 필체가 확연히 구별되어 시간의 격차를 확인시켜준다.

1950년대 초반의 습작 노트에는 많은 시들이 적혀 있는데, 개중에는 완성된 작품도 있고, 미완인 작품도 있고, 완성되었으나 제목을 붙이지 않은 작품도 있다. 이 시기의 습작품들은 이후 그의 시의 중요한 자원이 되었다. 그는 이때 쓴 작품 중 일부를 『현대문학』에 투고하여 추천을 받았고, 등단 이후 청탁을 받았을 때 이 작품들을 활용하였으며, 일부는 수정을 거쳐 1970년대 이후에 발표되기도 했다. 습작품들은 약간의 수정만 거쳐 거의 그대로 발표한 경우도 있고, 훗날 이미지만 활용되어 새로운 시로 거듭난 경우도 있다. 하지만 발표하지 않은 작품 중에도 눈길을 끄는 시들이 적지 않다. 「잃어버린 의자」「언덕」「새집」「백지」「길」「하늘」「이탈리아의 정원」「판세」「정원」「비오는 날」「후원」「풍신」「노고지리 1절」 등은 이 시기에 완성해 제목까지

붙인 작품인데, 박용래가 이 시들을 발표하지 않은 것은 시에 대한 그의 지나칠 정도의 완벽주의와 엄격한 기준 때문일 것이다.

1950년대 초반의 습작 노트는 등단 이전이어서인지 마치 학생이 공부하듯 시를 정자로 또박또박 적어놓은 경우가 많은데, 1975년경 이후에는 편지 봉투나 잡지 뒷면, 팸플릿의 빈 공간 등에 시를 적어놓은 경우도 적지 않다. 그때그때 떠오른 착상을 손에 잡히는 대로 종이에 메모해놓은 것이다. 그런가 하면 「라일락」과 「첫 눈이 올 때」와 같은 작품은 원고지에 정서해놓은 것인데, 원고지에 적은 작품들이 상대적으로 시적 완성도가 더 높아 보인다. 또한 1975년경 이후의 습작 노트는 한 면이나 앞뒤로 여러 편이 조그만 글씨로 적혀 있는 경우가 많아, 그중 일부가 발표된 경우 함께 적힌 미발표작의 창작 시점을 추정할 수 있다. 앞서 언급한 것처럼 1975년경 이후의 미발표작 중 6편이 문예지에 공개된 바 있어 남아 있는 미발표 유작은 많지 않고 그나마 미완인 경우가 많다.

이중 「소꿉」과 「무제 5」(숫자는 작품 구별을 위해 필자가 임의로 붙인 것이다)는 동시풍의 작품으로 눈길을 끈다. 「무제 5」는 1979년 12월호 『엘레강스』 뒤표지의 빈 공간에 적혀 있어 1980년 초반에 쓰인 것으로 짐작된다. 박용래는 1975년 '동요풍'이라는 제목 아래 다섯 편의 동시를 발표한 바 있고, 2021년 문예지에 공개된 동시풍의 시 「때때로」는 창작 시점이 1980년 10월경이었다. 박용래는 1975년부터 시작해 1980년에 접어들어 더욱 활발하게 동시를 써나가던 중 안타깝게도 세상을 떠나게 된 것이다.

그의 시작 노트엔 제목이 붙어 있지 않은 작품들이 여러 편 있는데, 대체로 거의 완성된 상태인 경우가 많다. 제목은 시를 완결시키는 마지막 언어라 할 수 있는데, 그가 이렇게 완성 직전의 작품들을 여러 편 남긴 데에는 각각 사연이 있는 것으로 보인다.

우선 「무제 1」은 어머니에 대해 쓴 작품이다. 박용래는 6·25전쟁이 끝나고 몇 달 뒤에 어머님을 잃었는데, 이 시는 그 직후 어머님에 대한 간절한 그리움을 드러낸 것이다. 「무제 2」는 여러 정황으로 볼 때 아내에 대한 작품으로 보인다. 박용래의 부인인 이태준 여사는 대전고등간호학교를 졸업하고 대전시 동구의 보건소에서 근무하였는데 부업으로 조산원 일까지 하여 밤늦게 귀가하는 경우가 많았다. 이 시에 등장하는 '눈길을 털며 털며 지구를 몇 바퀴 돌아와 부리를 묻고 자는 에미새'는 하루종일 가족들의 생계를 위해 고생하다 밤늦게 귀가하는 그의 아내를 가리키는 것이라고 볼 수 있다. 「무제 1」과 「무제 2」가 거의 완성된 작품인데도 제목을 붙여 발표하지 않은 것은 아마 이 시들이 가족에 대한 사적인 이야기를 다루었기 때문일 것으로 짐작된다. 더구나 어머니와 아내에 대한 작품이다보니 시의 표면에 감정이 많이 묻어 있어 더욱더 완성하여 발표하기를 꺼렸던 것이 아니었나 추측된다. 「무제 3」은 자신의 지난 삶에 대한 회환을 드러낸 작품이며, 「무제 4」는 불빛과 박꽃, 그리고 우물에 비친 별들이 반짝이는 밤 풍경을 서정적으로 그린 작품이다. 두 작품 모두 1979년 말에서 1980년 초반 무렵에 쓴 것으로 추정되는데, 「무제 3」은 그의 시적 경향에 비추어 볼 때 다소 산문적이고, 「무제 4」는 다소 감상적이어서 완성 단계로 나아가지 않은 것으로 추정된다. 우리는 이 미완의 유작을 통해 1980년 전후 그의 시적 생애 말기의 내면 심정과 변화되어가는 시적 감각을 엿볼 수 있다.

4. 박용래 시전집의 체제

이 시전집은 지금까지 살펴본 바와 같이 박용래가 생전에 시 발표와 시집 간행 과정에서 추구한 의도를 존중하여 편집하였다. 자신의 시적 출발점을 첫 시집 『싸락눈』으로 삼고 이후 시집을 간행할 때마다 많은 수정을 거친 그의 특성에 맞춰 『싸락눈』 『강아지풀』 『백발의 꽃대궁』 등 시집별로 시를 묶고, 첫 시집 이후 발표되었으나 시집에 수록되지 않은 시들은 4부에 따로 실었다. 첫 시집 『싸락눈』 가운데 시선집 『강아지풀』에 재수록되면서 수정된 작품은 『강아지풀』을 최종본으로 삼았다.

시집에 수록하면서 수정된 작품들은 그 이전의 발표본을 부록에 따로 싣고 수정한 대목을 명시하였다. 어떤 작품은 여러 지면에 발표하면서 그때마다 수정을 거쳐 발표본이 여러 개인 경우도 있다. 수정 전의 판본과 수정 과정을 한눈에 확인함으로써 한 편의 시가 어떻게 완성도를 높여가는지, 박용래가 시에서 중요하게 생각한 요소가 무엇인지를 흥미롭게 살펴볼 수 있을 것이다.

박용래가 첫 시집 『싸락눈』에 싣지 않은 등단 이전과 직후의 발표작, 그리고 그의 사후에 발표된 유고작과 미발표 작품들을 전집에서 어떻게 다룰 것인가 하는 문제가 남아 있다. 앞서 살펴보았듯이 이 시들은 박용래가 공식적으로 자신을 세상에 알리는 자리인 첫 시집에서 제외했거나 마지막 단계에서 발표하기를 꺼린 작품들이다. 박용래가 추구한 문학세계와 문학에 대한 그의 엄격한 기준을 고려한다면 이 작품들은 전집에서 제외하는 것이 마땅하겠지만, 그것은 한편으로 한 시인이 평생에 걸쳐 축적한 문학적 자산을 모두 사장시키는 일이기도 하다. 또 시인이 볼 때 '문학작품'으로 미흡하더라도 독자들에게는 매력적인 작품으로 다가올 수도 있다. 그 점에서도 이 작품들에 대한 독자들의 열람을 원천 차단하는 것은 바람직하지 않을 수 있다. 또하나 고려해야 할 것은 연구사적 가치이다. 이 작품들은 박용래의 문학적 변천 과정과 그의 정신세계를 보여주는 자료로서 그의 문학세계를 총체적으로 이해하는 데 중요한 정보를 제공해준다. 이러한 점들을 고려하여, 이 전집에서는 이 작품들을 모두 부록으로 실었다. 박용래의 문학적 의도를 존중하는 동시에 독자들과 연구자들의 접근권을 고려하여, 시 형태를 갖춘 박용래의 작품 전체를 수록하되 본문과 부록으로 구분하는 체제를 고안한 것이다. 유고작 중「오류동의 동전」「감새」「뻐꾸기 소리」「꿈속의 꿈」「때때로」「나 사는 곳」은 이미 문예지에 공개되었을 뿐 아니라, 시기적으로 볼 때 발표를 앞두고 있었으나 갑작스러운 죽음으로 발표하지 못한 것으로 판단되어 부록이 아닌 본문에 실었다.

이 시전집은 많은 분들의 도움으로 이루어졌다. 박용래의 둘째 딸 박연이 박용래의 시가 발표된 잡지와 그의 습작 노트, 메모 등 그동안 소중하게 간직하고 있던 자료들을 모두 필자에게 전해주었다. 특히 박용래가 친필로 일일이 수정 표시한 소장본 시집과 잡지 등은 전집 간행에 중요한 자료가 되었다. 필자는 박용래의 소장본을 바탕으로 도서관에서 원본을 찾아 일일이 대조하였고, 그 과정에서 새로운 작품들을 찾아내고 서지 사항을 바로잡았다. 「난」이 실린 청란여자중고등학교 교지는 이돈주 시인이 제공해주었고, 「고향 어귀에 서서」가 실린 『충남문학』 1978년 2월호는 김현정 교수가 제공해주었다. 그리고 박용래의 초기 작품을 조사하는 데 박수연 교수와 송기섭 교수, 대전문학관의 이은봉 관장과 김지숙 차장이 많은 도움을 주었다. 이 자리를 빌려 모두 감사드린다. 아울러 시전집의 편집에 심혈을 기울여준 문학동네의 이상술 부국장에게 감사드린다.

박용래 시의 원본과 수정본, 그리고 등단 전의 발표작과 미발표 유고작을 두루 모은 이 전집이 박용래 시를 깊이 이해하는 데 중요한 길잡이가 되기를 바란다.

1부

싸락눈

눈

하늘과 언덕과 나무를 지우랴
눈이 뿌린다
푸른 젊음과 고요한 흥분이 서린
하루하루 낡아가는 것 위에
눈이 뿌린다
스쳐가는 한 점 바람도 없이
송이눈 찬란히 퍼붓는 날은
정말 하늘과 언덕과 나무의
한계限界는 없다
다만 가난한 마음도 없이 이루어지는
하얀 단층斷層.

겨울밤

잠 이루지 못하는 밤 고향집 마늘밭에 눈은 쌓이리.

잠 이루지 못하는 밤 고향집 추녀밑 달빛은 쌓이리.

발목을 벗고 물을 건너는 먼 마을.

고향집 마당귀 바람은 잠을 자리.

설야雪夜

눈보라 휘돌아간 밤
얼룩진 벽壁에
한참이나
맷돌 가는 소리
고산식물高山植物처럼
늙으신 어머니가 돌리시던
오리 오리
맷돌 가는 소리.

땅

나 하나
나 하나뿐 생각했을 때
멀리 끝까지 달려갔다 무너져 돌아온다

어슴프레 등피燈皮처럼 흐리는 황혼黃昏

나 하나
나 하나만도 아니랬을 때
머리 위에
은하
우러러 항시 나는 엎드려 우는 건가

언제까지나 작별作別을 아니 생각할 수는 없고
다시 기다리는 위치位置에선 오늘이 서려
아득히 어긋남을 이어오는 고요한 사랑

헤아릴 수 없는 상처를 지워
찬연히 쏟아지는 빛을 주워 모은다.

가을의 노래

깊은 밤 풀벌레 소리와 나뿐이로다
시냇물은 흘러서 바다로 간다
어두움을 저어 시냇물처럼 저렇게 떨며
흐느끼는 풀벌레 소리……
쓸쓸한 마음을 몰고 간다
빗방울처럼 이었는 슬픔의 나라
후원後園을 돌아가며 잦아지게 운다
오로지 하나의 길 위
뉘가 밤을 절망絶望이라 하였나
말긋말긋 푸른 별들의 눈짓
풀잎에 바람
살아 있기에
밤이 오고
동이 트고
하루가 오가는 다시 가을밤
외로운 그림자는 서성거린다
찬 이슬밭엔 찬 이슬에 젖고
언덕에 오르면 언덕
허전한 수풀 그늘에 앉는다

그리고 등불을 죽이고 침실寢室에 누워
호젓한 꿈 태양太陽처럼 지닌다
허술한
허술한
풀벌레와 그림자와 가을밤.

황토黃土길

낙엽落葉 진 오동나무 밑에서
우러러보는 비늘구름
한 권卷 책冊도 없이
저무는
황토黃土길

맨 처음 이 길로 누가 넘어갔을까
맨 처음 이 걸로 누가 넘어왔을까

쓸쓸한 흥분이 묻혀 있는 길
부서진 봉화대烽火臺 보이는 길

그날사 미음들레꽃은 피었으리
해바라기만큼 한

푸른 별은 또 미음들레 송이 위에서
꽃등처럼 주렁주렁 돋아났으리

푸르다 못해 검던 밤하늘

빗방울처럼 부서지며 꽃등처럼
밝아오던 그 하늘
그날의 그날 별을 본 사람은
얼마나 놀랐으며 부시었으리

사면에 들리는 위엄威嚴도 없고
강江언덕 갈댓잎도 흔들리지 않았고
다만 먼 화산火山 터지는 소리
들리는 것 같아서

귀 대이고 있었으리
땅에 귀 대이고 있었으리.

코스모스

곡마단曲馬團이
걷어간
허전한
자리는
코스모스의
지역地域

코스모스
먼
알래스카의 햇빛처럼
그렇게
슬픈 언저리를
에워서 가는
위도緯度

참으로
내가
사랑했던 사람의
일생一生

코스모스

또 영

돌아오지 않는

소녀少女의

지문指紋

엉겅퀴

잎새를 따 물고 돌아서 잔다
이토록 갈피 없이 흔들리는 옷자락

몇 발자국 안에서 그날
엷은 웃음살마저 번져도

그리운 이 지금은 너무 멀리 있다
어쩌면 오직 너 하나만을 위해

기운 피곤이 보랏빛 흥분이 되어
슬리는 저 능선

함부로 폈다
목놓아 진다.

뜨락

모과木瓜나무, 구름
소금 항아리
삽살개
개비름
주인主人은 부재不在
손만이 기다리는 시간時間
흐르는 그늘
그들은 서로 말을 할 수는 없다
다만 한 가족家族과 같이 어울려 있다

울타리 밖

머리가 마늘쪽같이 생긴 고향의 소녀少女와
한여름을 알몸으로 사는 고향의 소년少年과
같이 낯이 설어도 사랑스러운 들길이 있다

그 길에 아지랑이가 피듯 태양이 타듯
제비가 날듯 길을 따라 물이 흐르듯 그렇게
그렇게

천연天然히

울타리 밖에도 화초花草를 심는 마을이 있다
오래오래 잔광殘光이 부신 마을이 있다
밤이면 더 많이 별이 뜨는 마을이 있다.

잡목림雜木林

낙엽落葉 져
비인
잡목림雜木林은
허술한

마을
식후食後 풍경風景,

사락 사락 싸락눈

비뚤어진, 기둥에 온다

논길 살얼음에 온다

후조候鳥가 운다,

낙엽落葉 져
벌거숭이
잡목림雜木林은

조석朝夕으로

쓸쓸한 마을
초가 지붕.

추일秋日

나직한
담
꽈리 부네요

귀에
가득
갈바람 이네요

흩어지는 흩어지는
기적汽笛
꽃씨뿐이네요.

고향故鄉

눌더러 물어볼까 나는 슬프냐 장닭 꼬리 날리는 하얀 바람 봄길 여기사 부여扶餘, 고향故鄉이란다 나는 정말 슬프냐.

엽서葉書

들판에
차오르는
배추
보러 가리

길이
언덕
넘는 것

가다가
단풍

미류美柳나무버섯 따라가리.

가학리佳鶴里

바다로 가는 하얀 길
소금 실은 화물자동차貨物自動車가 사람도 싣고
이따금 먼지를 피우며 간다

여기는 당진唐津 송악면松岳面 가학리佳鶴里
가차이 아산만牙山灣이 빛나 보인다
발밑에 싸리꽃은 지천으로 지고.

산견散見

해종일 보리 타는
밀 타는 바람

논귀마다 글썽
개구리 울음

아 숲이 없는 산山에 와
뻐꾹새 울음

낙타駱駝의 등 기복起伏 이는 구릉丘陵
먼 오디빛 망각忘却.

모과차 木瓜茶

앞산에 가을비

뒷산에 가을비

낯이 설은 마을에

가을 빗소리

이렇다 할 일 없고

기인긴 밤

모과차 木瓜茶 마시면

가을 빗소리.

봄

종달새는
빗속에 울고 있었다

각시풀은
우거져 떨고 있었다

송사리떼 열列 짓는
징검다리 빨래터

그
길섶

두고 온
일모日暮.

옛 사람들

비슷비슷한 이름들이
건들 8월八月
모스러진 섬돌,
잿무덤 속에서
장독까지
치켜든 대싸리 속에서
창지窓紙에서도
한낮에
두세두세 나오는가 옛
사람들

모일某日

1

쌀 씻는 소리에
눈물 머금는 미명未明

봉선화야

기껍던 일
그 저런 일.

2

들깨 냄새가 나는 울안

골마루 끝에 매미 울음 스몄는가

목을 늘여

먹던 금계랍의 쓴맛.

고추잠자리

비잉 비잉 돈다
어릴 때 하늘이

물빛 대싸리 위에만
뜨던 고추잠자리떼
하늘이

알몸에 고여
빙빙빙 돈다

부질없는 이 오후午後의 열熱
늦은 시간時間이 내의內衣를 적신다.

저녁눈

늦은 저녁때 오는 눈발은 말집 호롱불 밑에 붐비다

늦은 저녁때 오는 눈발은 조랑말 발굽 밑에 붐비다

늦은 저녁때 오는 눈발은 여물 써는 소리에 붐비다

늦은 저녁때 오는 눈발은 변두리 빈터만 다니며 붐비다.

삼동三冬

어두컴컴한 부엌에서 새어나는 불빛이여 늦은 저녁
상床 치우는 달그락 소리여 비우고 씻는 그릇 소리여
어디선가 가랑잎 지는 소리여 밤이여 섧은 잔盞이여

어두컴컴한 부엌에서 새어나는 아슴한 불빛이여.

수중화 水中花

바람처럼 앉아 아무 데도 발을 디딜랴 하지 않았다. 더 더 더 좀 크고 싶었던 소망所望이

어쩌다 물 속에 태어나 한 치 풀꽃으로 자라 머리올처럼 가는 물거품에 뜨다.

그늘이 흐르듯

5월五月은,
초록
비 젖어
허전한
SPELL
가슴에,
밀려
일찍
없었던 맘.
물에
그늘이 흐르듯
흐르는 그리움,
아 5월五月은
외로운
SPELL,
비로 얽는
가슴.
생각다 생각해
부식腐蝕하는

영상映像.

두멧집

자욱이 버들꽃 날아드는 집이 있었다

한낮에 개구리 울어쌓는 집이 있었다

뉘우침도 설레임도 없이

송송 구멍 뚫린 들창窓

안개비 오다 마다 두멧집이 있었다

고향 소묘 故鄉素描

푸른 강심江心 배다리가 내려다보이는
고향故鄉땅 여관旅館집
뒷담은 치지 않고
마당가 군데군데
마른 꽃대 풀대 등을 대고 있었다.

저녁상床에 나온 상수리 묵접시
갈밭을 나는 기러기,
그림 들어 있었다.

들길 따라 찬비는 오고 있었다.

종鍾소리

봄바람 속에 종鍾이 울리나니
꽃잎이 지나니

봄바람 속에 뫼에 올라 뫼를 나려
봄바람 속에 소나무밭으로 갔나니

소나무밭에서 기다렸나니
소나무밭엔 아무도 없었나니

봄바람 속에 종鍾이 울리나니
옛날도 지나니

장갑

눈길에 버려진 한 짝 장갑 해어진 장갑
남자男子의 장갑
지우고 지운 욕망欲望 같애
보고 주워보는
가벼운 가벼운 감상感傷의 날개

정물靜物

고양이 목에 두른
방울소리
들었는 능금
아가가 베먹다
소르르 잠이 든
능금

거울 속 능금
흐릿한 불빛 앉은 능금
구석지에 흩어진 껍질마저도 인상적印象的인
한밤의 능금

애초는
부드러운 부드러운
신神의 음성音聲이 들었던 능금

한식寒食

계곡溪谷에 흐르는 물소리를
철쭉꽃 홀로 듣고 있다

계곡溪谷에 흐르는 물소리를
부엉새 홀로 듣고 있다

계곡溪谷에 흐르는 물소리를
나그네 홀로 듣고 있다

계곡溪谷에 흐르는 물소리를
계곡溪谷이 홀로 듣고 있다

작은 물소리

푸르른 달밤 풀벌레 울음 멎고
낮게 낮게 흐르는 물소리
멀어졌다 가까워졌다 침상沈床 밑바닥을
환幻이 굴리는 회한悔恨의 작은 물소리
속삭이듯 흔들리어
이제는 귓속에까지 들어와
비틀거리는 물소리 아 풀벌레 소리

둘레

산은
산빛이 있어 좋다
먼 산 가차운 산
가차운 산에
버들꽃이 흩날린다
먼 산에
저녁해가 부시다
아, 산은
둘레마저 가득해 좋다

2부

강아지풀

그 봄비

오는 봄비는 겨우내 묻혔던 김칫독 자리에 모여 운다

오는 봄비는 헛간에 엮어 단 시래기 줄에 모여 운다

하루를 섬섬히 버들눈처럼 모여 서서 우는 봄비여

모스러진 돌절구 바닥에도 고여 넘치는 이 비천함이여.

강아지풀

남은 아지랑이가 홀홀
타오르는 어느 역驛 구構
내內 모퉁이 어메는 노
오란 아베도 노란 화貨
물物에 실려 온 나도사
오요요 강아지풀. 목
마른 침목枕木은 싫어 삐
걱 삐걱 여닫는 바람
소리 싫어 반딧불 뿌
리는 동네로 다시 이
사 간다. 다 두고 이
슬 단지만 들고 간다.
땅 밑에서 옛 상여喪輿 소
리 들리어라. 녹물이
든 오요요 강아지풀.

들판

    가을, 노적가리 지붕 어스름 밤 가다가 기러기 제 발자국에 놀래 노적가리 시렁에 숨어버렸다 그림자만 기우뚱 하늘로 날아 그때부터 들판에 갈림길이 생겼다.

소감 小感

    한뼘데기 논밭이라 할 일도 없어, 흥부도 흥얼흥얼 문풍지 바르면 흥부네 문턱은 햇살이 한 말.

    파랭이꽃 몇 송이 아무렇게 따서 문고리 문살에 무늬 놓으면 흥부네 몽당비 햇살이 열 말.

손거울

어머니 젊었을 때
눈썹 그리며 아끼던
달

때까치 사뿐히 배추 이랑에
내릴 때—

감 떨어지면
친정親庭집 달 보러 갈거나
손거울.

담장

오동梧桐꽃 우러르면 함부로 노怒한 일 뉘우쳐진다.

잊었던 무덤 생각난다.

검정 치마, 흰 저고리, 옆가르마, 젊어 죽은 홍래鴻來 누이 생각도
난다.

오동梧桐꽃 우러르면 담장에 떠는 아슴한 대낮.

발등에 지는 더디고 느린 원뢰遠雷.

울안

탱자울에 스치는 새떼
기왓골에 마른 풀
놋대야의 진눈깨비
일찍 홰대에 오른 레그혼
이웃집 아이 불러들이는 소리
해 지기 전 불 켠 울안.

능선稜線

산까치 들까치 나뭇가지 물고 날아드는 능선稜線
명절名節이면 새옷 입은 이웃들이 오내리든 나루터.

모밀밭 목화木花밭에 흔들리고
억새풀 속에 출렁이는
감빛 도포道袍 자락.

푸른 칼집에 어려오듯
여러 갈래 여러 갈래로
포개오는 발밑
능선稜線.

기차汽車를 타고 가노라면
차창車窓으로
들어서는
상고上古의 얼굴.

공산空山

무덤 위에 무덤 사네, 첩첩 산중
달 있는 밤이면
곰방대 물고
무덤 속 드나들며
곰방대나 털고
머슴들은 여름에도
장작을 패고
무덤 속 드나들며
장작이나 지피고

무덤 위에 첩첩 무덤만 사네.

공주公州에서

미나리 강江

건너

우시장牛市場 마당

말목에

고리만

남아 있었다.

이른 제비떼

발밑으로

빠져

목교木橋를

오내리는

좁은 거리.

버들잎은

피어

길을

쓸고

그의 고향

문화원文化院에서

강빈剛彬은

시화전詩畵展을

열고 있었다.

낮달

반쯤은 둔벙에 묻힌
창포菖蒲 실뿌리 눈물지네
맨드래미 꽃판 총총 여물어
그늘만 길어가네
절구에 깻단을 털으시던
어머니 생시生時같이
오솔길에 낮달도 섰네.

먼 곳

수양버들가지 산모롱을 돌 때 아랫마을 어디선가 징 치는 소리 살구꽃 지다.

수양버들가지 산모롱을 굽이돌 때 묘墓 등에 조는 나무비녀 풀각시 살구꽃 또 지다.

하관 下棺

볏가리 하나하나 걷힌
논두렁
남은 발자국에
딩구는
우렁 껍질
수레바퀴로 끼는 살얼음
바닥에 지는 햇무리의
하관 下棺
선상線上에서 운다
첫 기러기떼.

고도古都

물가에 진 눈먼 혼령魂靈
불티 물고
파랭이 끈 물고
마른번개 치던
나루터
동아리져 춤춘다
곤두박질 춤춘다
들가에 진 눈먼 혼령魂靈도
어두운 낮.

낙차落差

꼬이고 꼬인 등藤나무 등걸

깨진 고령토 화분花盆

삿갓머리 씌운 배추 움

떠받친 빨랫줄

지연紙鳶 날리던 손

빛바랜 숙근초宿根草

서릿발 내린 사면斜面

복판에 이마 부비며 피는 마을 사람들

저수지貯水池의 물안개

비탈에 지던 낙차落差

자화상自畵像 1

파초芭蕉는 춥다
창호지 한 겹으로

왕골자리 두르고
삼동三冬을 난다.

받쳐올린 천정天井이
갈맷빛 하늘만큼 하랴만

잔솔가지 사근사근
눈뜨는 밤이면

웃방에 앉아
거문고 줄 고르다.

이마 마주 댄
희부연한 고샅길.

파초芭蕉는 역시 춥다.

시렁 아래 소반小盤 머리.

창포

풀자리 빠빳한
여관旅舘집
문살의 모기장.

햇살을 날으는
아침 상床머리
열무김치.

대얏물에
고이는
오디빛.

풀머리
뒷모습의
꽃창포.

댓진

양귀비
지우면 지울수록
할머니의 댓진 냄새
온통 취한 듯
꽃밭의 아우성
한 동네가 몰린다
버들꽃은
개울물에 지고
도둑떼처럼 몰린다.

고월古月

유리병 속으로
파뿌리 내리듯
내리는
봄비.
고양이와
바라보며
몇 줄 시詩를 위해
젊은 날을 앓다가
하루는
돌 치켜들고
돌을 치켜들고
원고지 빈 칸에
갇혀버렸습니다.
고월古月은.

천千의 산山

댕댕이 넝쿨, 가시덤불
헤치고 헤치면
그날 나막신
쌓여 들어 있네
나비 잔등에 앉은 보릿고개
작두로도 못 자르는
먼 삼십 리
청솔가지 타고
아름 따던 고사리순
할머니 나막신도
포개 있네
빗물 고인 천千의 산山
겹겹이네.

서산西山

상칫단
아욱단 씻는

개구리 울음 오 리五里 안팎에

보릿짚
호밀짚 씹는

일락서산日落西山에 개구리 울음.

취락聚落

감나무 밑 풋보
리 이삭이 비
치는 물병 점點
심心 광주리 밭
매러 간 고무신
둘레를 다지는
쑥국새 잦은목
반지름에 돋는
물집 썩은 뿌
리 뉘시면 흘
내리는 흰 개
미의 취락聚落 달
팽이 꽁무니에
팽팽한 낮이슬.

귀울림

호박잎
하늘타리 자락
짓이기고
황소떼 몰린
물구나무 선
동구洞口

(아삼한 곡성哭聲)

아, 추수도 끝난
가을 한철
저물녘
논배미
물꼬에 뜬
우렁 껍질의
귀울림.

별리 別離

노을 속에 손을 들고 있었다, 도라지빛.

―그리고 아무 말도 없었다.

손끝에 방울새는 울고 있었다.

미음微吟

콩나물이나 키우라
콩나물이나 키우라

콩나물시루에 물이나 주라
콩나물시루에 물이나 주라

속이 빈 골파
속이 빈 골파

겨울밤에는 덧문을 걸고
겨울밤에는 문풍지를 세우고.

샘터

샘바닥에
걸린 하현下弦

얼음을 뜨네
살얼음 속에

동동 비치는 두부며
콩나물

삼십원어치 아침
동전銅錢 몇 닢의 출범出帆

―지느러미의 무게

구슷한 하루
아깃한 하루

쪽박으로
뜨네.

반 잔盞

— 고故 자운滋雲 형兄에게

이제 만나질 시간時間 없으니
어찌 헤어질 장소場所인들 있으랴.
십오 년十五年, 우정友情의
고리, 오히려 짧고나.
만나면 어깨부터 툭 치던
손.
마실수록 아쉬워하던 석별惜別의
잔盞,
우리들의 예절禮節은 어디로 갔느냐.
종로鍾路에서 찾으랴.
청진동淸進洞에서 찾으랴.
남대문南大門 근처近處에서 찾으랴.
오가는 발자국 그 옛 자리,
설레는 눈발 그 옛 자리,
오늘은 널 위해 슬픈 잔盞을
던지누나.
(반 잔盞만 비운 나머지……)
쨍그렁 울리는 저승 바닥.

시락죽

바닥 난 통파

움 속의 강설降雪

꼭두새벽부터

깅설降雪을 쓸고

동짓날

시락죽이나

끓이며

휘젓고 있을

귀뿌리 가린

후살이의

목수건木手巾.

차일遮日

짓광목 차일遮日
설핏한 햇살

사四, 오백五百 평坪 추녀 끝 잇던
인내人內 장터의 바람

멍석깃에 말리고
도르르 장닭 꼬리에
말리고

산山그림자 기대
앉은 사람들

황소뿔 비낀 놀.

불도둑

하늘가에
내리는
황소떼를 보다

흐르는 흐르는
피보래의
눈물을 보다

불도둑
흉벽胸壁에
울리는 채찍

―산 자者의 권리는 너무 많구나.

연시軟柿

여름 한낮

비름잎에

꽂힌 땡볕이

이웃 마을

돌담 위

연시軟柿로 익다

한쪽 볼

서리에 묻고

깊은 잠 자다

눈 오는 어느 날

깨어나

제상祭床 아래

심지 머금은

종발로 빛나다.

요령饒鈴

보리 깜부기

점점이

익는

갈기머리

늙은

등성

까치집 하나,

아스라이 둘

우러러

흰 수염이

불어예는

풀피리 끝

환幻이

풀리는 쌍무지개

솟구치는 상무 상무 잿불 꼬리 감기는 열두 발 상무

가난이 푸르게

눈자위마다

밀리는

상두꾼 요령搖鈴

나부끼네

검불 연기
고즈넉이
감도는
금강
상류의
갈밭
노낙각시
속거천리
외치며 외치며
모기떼 달라
붙는 양 나부끼네
귀소
서두는 제비들
뱃전을
치고
노낙각시
속거천리.

할매

손톱 발톱
하나만
깎고
연지 곤지
하나만
찍고
할매
안개 같은
울 할매
보리잠자리
밀잠자리 날개
옷 입고
풀줄기에
말려
늪가에
앉은
꽃의
그림자
같은 메꽃.

자화상自畫像 2

한 오라기 지풀일레

아이들이 놀다 간
모래성城
무덤을
쓰을고 쓰는
강江둑의 버들꽃
버들꽃 사이
누비는
햇제비
입에 문
한 오라기 지풀일레

새알,
흙으로
빚은 경단에
묻은 지풀일레

창窓을 내린

하행열차 下行列車
곳간에 실린

한 마리 눈雪 속 양羊일레.

꽃물

수수밭
수수밭 사이로
기우는
고향
가까운
산山자락
보릿재
내는
사람들
귀향열차歸鄕列車
뒤칸에
매달린
노을,
맨드라미 꽃물.

소나기

누웠는 사람보다 앉았는 사람 앉았는 사람보다 섰는 사람 섰는 사람보다 걷는 사람 혼자 걷는 사람보다 송아지 두, 세 마리 앞세우고 소나기에 쫓기는 사람.

탁배기濁盃器

무슨 꽃으로 두드리면 솟아나리.
무슨 꽃으로 두드리면 솟아나리.

굴렁쇠 아이들의 달.
자치기 아이들의 달.
땅뺏기 아이들의 달.
공깃돌 아이들의 달.
개똥벌레 아이들의 달.
갈래머리 아이들의 달.
달아, 달아
어느덧
반백半白이 된 달아.
수염이 까슬한 달아.
탁배기濁盃器 속 달아.

우중행雨中行

비가 오고 있다
안개 속에서
가고 있다
비, 안개, 하루살이가
뒤범벅되어
이내가 되어
덫이 되어

(며칠째)
내 목木양말은
젖고 있다.

솔개 그림자

환한 거울 속에도
아침상床에도
얼굴은 없다
노오란 칸나
꽃 너머
저 불붙는 보랏빛
엉겅퀴, 꽃
너머
내 얼굴은
일상日常의
얼굴 밖에서
바람 부는 자리
솔개 그림자로
들판에 너울거린다.

점묘點描

싸리울 밖 지는 해가 올올이 풀리고 있었다.
보리바심 끝마당
허드렛군이 모여
허드렛불을 지르고 있었다.
푸슷푸슷 튀는 연기 속에
지는 해가 이중二重으로 풀리고 있었다
허드레,
허드레로 우는 뻐꾸기 소리
징소리
도리깨꼭지에 지는 해가 또 하나 올올이 풀리고 있었다.

경주慶州 민들레

눈 오는 날에는 빈 서랍을 털자.
서랍 속에 시든 민들머리 풀대궁
마른 대궁 비비면
프르름히 살아
천년의 맥이
살아
경주慶州 교외郊外의 가을 민들레
시인詩人의 얼굴.

눈 오는 날에는 빈 서랍의 먼지를 털자.

해바라기 단장斷章

해바라기 꽃판을

응시한다

삼베올로

삼베올로 꽃판에

잡히는 허망虛妄의

물집을 응시한다

한 잔盞

백주白酒에

무우오라기를

씹으며

세계世界의 끝까지

보일 듯한 날.

현弦

춤을 출거나
콩깍지
조르르 콩알
어디 갔을까
장길 실개울에
빠졌다
두붓집 간수에
빠져버렸다
끝없는 추석 하늘
그을은 일각一角
거미줄에 걸린 현弦

춤을 출거나.

겨울 산山

나는 소금
좌판坐板 위 주발이다
장날 폭설이다
지게 목발이다
헤쳐도 헤쳐도
산山, 고드름의
저문 산山
새발심지의
등잔燈盞.

3부

백발의
꽃대궁

건들 장마

건들 장마 해거름 갈잎 버들붕어 꾸러미 들고 원두막 처마밑 잠시
섰는 아이 함초롬 젖어 말아올린 베잠방이 알종아리 총총 걸음 건들
장마 상치 상치 꽃대궁 백발白髮의 꽃대궁 아욱 아욱 꽃대궁 백발白髮
의 꽃대궁 고향 사람들 바자울 세우고 외넝쿨 거두고.

누가

―오오냐, 오냐 들녘 끝에는 누가 살든가
―오오냐, 오냐 수수이삭 머리마다 스쳐간 피얼룩
―오오냐, 오냐 화적火賊떼가 살든가
―오오냐, 오냐 풀모기가 날든가
―오오냐, 오냐 누가 누가 살든가.

눈발 털며

하루는 눈발 털며 털며 마을 안팎을 몇 바퀴 돌다가
하루는 저 눈밭에 흩어져 긴 이랑을 헤집고 헤집다가
하루는 행방불명行方不明, 가시울에 찔리다가 돌아오는 길에
까마귀야 가자, 활활 소줏고리 달아오르는 주막거리로 가자.
눈 오는 날.

우편함郵便函

새여, 마슬로바의 새여
젖빛 안개 속
새벽 문장文章에서 풀리는 새여
너는 알전등電燈에 그을렸구나
발목에 무지개는 걸리지 않았고

마슬로바의 새여
다시는 우편함郵便函에 갇히지 말라.

풀꽃

홀린 듯 홀린 듯 사람들은
산山으로 물구경 가고.

다리 밑은 지금 위험수위危險水位
탁류濁流에 휘말려 휘말려 뿌리 뽑힐라
교각橋脚의 풀꽃은 이제 필사적必死的이다
사면四面에 물보라 치는 아우성

사람들은 어슬렁어슬렁 물구경 가고.

면벽面壁 1

고양이는 더위에 쫓겨 누다락 오르고 모기향香에 바람 한 점 없는
밤 내 눈 감은 면벽面壁 5분分은 멀리 달빛 어린 벼이삭 스치는 꽃상
여喪輿

어허 어하……
어허 어하……

불티

가을에 피는 꽃
겨울에도 핀다
할매가 지피고 돌
이가 지피고 노을
이 지피는 쇠죽가
마 아궁이, 아궁이
불 시새우는 불티
같은 사랑. 사랑사
겨울에 피는 가을
사르비아!

구절초 九節草

누이야 가을이 오는 길목 구절초 매디매디 나부끼는 사랑아
내 고장 부소산 기슭에 지천으로 피는 사랑아
뿌리를 대려서 약으로도 먹던 기억
여학생이 부르면 마아가렛
여름 모자 차양이 숨었는 꽃
단춧구멍에 달아도 머리핀 대신 꽂아도 좋을 사랑아
여우가 우는 추분秋分 도깨비불이 스러진 자리에 피는 사랑아
누이야 가을이 오는 길목 매디매디 눈물 비친 사랑아.

제비꽃

부리 바알간 장 속의 새, 동트면 환상의 베틀 올라 금사金絲, 은사銀絲 올올이 비단올만 뽑아냈지요. 오묘한 오묘한 가락으로.

난데없이 하루는 잉앗대는 동강, 깃털은 잉앗줄 부챗살에 튕겨 흩어지고 흩어지고, 천길 벼랑에 떨어지고, 영롱한 달빛도 다시 횃대에 걸리지 않았지요.

달밤의 생쥐, 허청 바닥 찍찍 담벼락 긋더니, 포도나무 뿌리로 치닫더니, 자주 비누쪽 없어지더니.

아, 오늘은 대나뭇살 새장 걸힌 자리, 흰 제비꽃 놓였습니다.

월훈月暈

첨첨 산중山中에도 없는 마을이 여긴 있습니다. 잎 진 사잇길 저 모 랫둑, 그 너머 강江기슭에서도 보이진 않습니다. 허방다리 들어내면 보이는 마을.

갱坑 속 같은 마을. 꼴깍, 해가, 노루꼬리 해가 지면 집집마다 봉당 에 불을 켜지요. 콩깍지, 콩깍지처럼 후미진 외딴집, 외딴집에도 불빛 은 앉아 이슥토록 창문은 모과木瓜빛입니다.

기인 밤입니다. 외딴집 노인老人은 홀로 잠이 깨어 출출한 나머지 무우를 깎기도 하고 고구마를 깎다, 문득 바람도 없는데 시나브로 풀 려 풀려 내리는 짚단, 짚오라기의 설레임을 듣습니다. 귀를 모으고 듣 지요. 후루룩 후루룩 처마깃에 나래 묻는 이름 모를 새, 새들의 온기溫 氣를 생각합니다. 숨을 죽이고 생각하지요.

참 오래오래, 노인老人의 자리맡에 받은 기침소리도 없을 양이면 벽 속에서 겨울 귀뚜라미는 울지요. 떼를 지어 웁니다, 벽이 무너지라고 웁니다.

어느덧 밖에는 눈발이라도 치는지, 펄펄 함박눈이라도 흩날리는 지, 창호지 문살에 도는 월훈月暈.

얼레빗 참빗

반짇고리 실타래
풀리듯
얼레빗 참빗에
철 이른 봄비
연사흘 와서
찰랑찰랑 외나무다리
부풀은 물살
발목 벗고도
건널 수 없어
거슬러
거슬러 올라가면
저녁 까마귀, 까옥.

목련木蓮

솟구치고 솟구치는 옥양목玉洋木빛이랴

송이송이 무엇을 마냥 갈구하는 산염불山念佛이랴

꿈속의 꿈인 양 엇갈리는 백년의 사랑

쑥물 이끼 데불고 구름이랑

조아리고 머리 조아리고 살더이다

흙비 뿌리는

뜰에 언덕에.

콩밭머리

콩밭머리 철길 따라
호남선 구도舊道 가노라면
상수리숲 산山빛에
맷방석만한 공지空地는 있어
어매 후질그레
흙벽돌 쌓고
까치는 맨발
주춧돌 찍고
그 집 다 되었을까
휘익, 참새 내리는 지붕
마파람 불어 생각나는 거
문득 문득 생각나는 거.

군산항群山港

선창에 기댄 뾰족지붕의 은행銀行, 그 정문을 돌아 구舊 도립병원
뒷길을 더듬으면 해구海溝로 슬리는 돌담, 돌 틈에 회상 짓는 30년대
의 미두米豆

오늘, 내 불시不時 나그네 되어 빈손 찌르고 망대에 올라 멀리 갈매
기 행방을 좇으면 곶岬은 굽이치는 탁류, 채만식蔡萬植

금강錦江을 거슬러 만국기 단 똑딱선 타고 처음 보던 수평선, 바다
를 넘던 욕망, 소금기뿐인 군산항群山港

저무는 대안의 제련소 연기 없는 굴뚝, 빛바랜 필름의 흑백黑白.

먹감

어머니 어머니 하고
외어본다.
이 가을
아버지 아버지 하고
외어본다
이 가을
가을은
오십 먹은 소년
먹감에 비치는 산천
굽이치는 물머리
잔 들고
어스름에 스러지누나

자다 깨다
깨다 자다.

유우流寓 1

  강아지 밥 주고 나니 머리 위 반딧불 떴어라 시비柴扉 닫고 멍석머리 모깃불 놓으면 깜박 깜박 저만큼 또 반딧불 초롱.

풍경風磬

산사山寺의 골담초숲 동박새, 날더러 까까중 까까중 되라네. 갓난
아기 배냇짓 배우라네. 허깨비 베짱이 베짱이처럼 철이 덜 들었다네.
백두白頭 오십에 철이란 무엇? 저 파초잎에 후둑이는 빗방울, 달개비
에 맺히는 이슬, 개밥별 초저녁에 뜨는, 개밥별?
산사山寺의 골담초숲 동박새, 날더러 발돋움 발돋움하라네. 저, 저
백년 이끼 낀 탑신塔身 너머 풍경風磬 되라네.

동요풍 童謠風

민들레

흐르는 물가 민들레
한 손 들어도 다섯 손가락
두 손 들어도 다섯 손가락.

나비

나비야
우리 아가 종종머리 댕기꼬리
나비야
우리 아가 바둑머리 댕기꼬리.

가을

아빤 왼종일 말이 없다
풀벌레 울어도

과꽃이 펴도
가을에 아빤 말이 없다.

원두막

짱아야 짱아야
보리짱아야
바람도 없는데
원두막 삿갓머리
물구나무섰다.

나뭇잎

달밤의 나뭇잎
밤이 깊어서
이 대문 똑똑
집이 멀어서

저 대문 뚝뚝
달밤의 나뭇잎.

나귀 데불고

버드나무 미류나무 키대로 서서 먼 들녘 바라보고. 그 밑을 슬픈 칼레의 시민, 오늘도 무거운 그림자 끌며 가고 있다. 눈물이 바위 될 때까지, 하마 그렇게 가리라.

(빗물받이 홈통에 오던 참새)

낯익은 참새랑 나귀 데불고.

장대비

밖은 억수 같은 장대비
빗속에서 누군가 날
목놓아 부르는 소리에
한쪽 신발을 찾다 찾다
심야의 늪
목까지 빠져
허우적 허우적이다
지푸라기 한 올 들고
꿈을 깨다, 깨다.
상금尚今도 밖은
장대 같은 억수비
귓전에 맴도는
목놓은 소리
오오 이런 시간에 난
우, 우니라
상아象牙빛 채찍.

유우流寓 2

잿마루
어느 굽이
눈이라도
오는가

유난히 밝은
자작나무 밑둥
물푸레나무
일각 一角

오오 고삐에
서리는 서리는
황소의
입김

황황히
흩어지는
새떼의
행방 行方

잿마루
삼십 리
눈이라도
오는가.

진눈깨비

중학교 하급반 땐 온실 당번이었어라. 질펀히 진눈깨비라도 오는 늦은 하오下午라치면 겨운 석탄 통桶 들고 비틀대던 몇 발자국 안의 설핏한 어둠. 지우고 지워진 지 오래건만 강술 한잔에 떠오누나. 바자 두른 온실 이중창二重窓에 볼 비비며 눈 속에 벙그던 히아신스랑 복수초福壽草랑 오랑캐꽃 빛깔의 지문指紋, 또 하나의 나. 오 비틀거리며 떠오누나. 바랜 트럼펫의 흐느낌

─언뜻 어제 등에 업혀 가던 사람.

해시계
—목월木月 선생 묘소에

울먹울먹 모래알은
부서지기도 한다
부서진 모래알은
눈물인 양 짜다
눈물인 양 짠
모래알로 빚은
당신의 해시계에
삼가 꽂는 한 송이 백합百合

폐광 근처廢鑛近處

　어디서 날아온 장끼 한 마리 토방의 얼룩이와 일순 눈맞춤하다 소
스라쳐 서로 보이잖는 줄을 당기다 팽팽히 팽팽히 당기다 널뛰듯 널
뛰듯 제자리 솟다 그만 모르는 얼굴끼리 시무룩해 장끼는 푸득 능선
타고 남은 얼룩이 다시 사금砂金 줍는 꿈 꾸다―폐광廢鑛이 올려다보
이는 외딴 주막.

참매미

어디선가
원목原木 켜는 소리

석양夕陽에
원목原木 켜는 소리
같은
참매미
오동나무
잎새에나
스몄는가
골마루
끝에나
스몄는가
누님의
반짇고리
골무만한
참매미.

곡曲 5편篇

여우비

오락가락
여우비
박쥐우산
주막집에
맡기고
비틀걸음
비
틀
걸
음
삼십 리
또 몇 리
쪽도리꽃
보고 지고
쪽도리꽃
보고 지고

마을

난
채운산彩雲山
민둥산
돌담 아래
손 짚고
섰는
성황당
허수아비
댕기풀이
허수아비
난.

대추랑

빗물 고여
납작한

꽃신 한 켤레

뉘네 집

뒷문

빗장 걸린

울안

울안을

돌면

거기

구석지

빗물 고여

질그릇

쪽이랑

꽃신 한 켤레

설핏한

어둠

혼자

울던 아이

지, 지난해

늙은 대추

한 알이랑
꽃신
한 켤레.

황산黃山메기

밀물에
슬리고

썰물에
뜨는

하염없는 갯벌
살더라, 살더라
사알짝 흙에 덮여
목이 메는 백강白江 하류下流
노을 밴 황산黃山메기
애꾸눈이 메기는 살더라,

살더라.

어스름

대싸리
소곳한
어스름
김장때
샘가
알타리무우
배추 꼬리
씻는
할매야
나래 접은
저녁새
한 마리
버드나무

실가지에
저녁새
한 마리.

은버들 몇 잎

스치는 한 점 바람에도 갈피 없이 설레는 은버들 몇 잎을 따서 물에 띄우면 언제나 고향은 토담의 달무리. 콩꽃에 맺히는 콩꼬투리랑 절로 벙그는 목화다래랑. 아아 잔물결 잔물결 치듯 속절없이 설레는 강가 은버들.

*

아우야, 휘청휘청 서_西녘 바람 따르면 상수리숲 상수리 아람 불까.

아우야, 휘청휘청 동_東녘 바람 따르면 밤나무숲 밤송이 아람 불까.

비치는 쌈짓골, 비치는 비녀산_山. 아침 이슬 털면 아람 불까. 아롱다롱 가을에 아우야.

*

귀뚜라미 정강이 시린 백로_{白露}.

산문山門에서
— 홍희표洪禧杓에게

어깨 나란히 산길 가다가 문득 바위틈에 물든 산호珊瑚 단풍 보고 너는 우정이라 했어라. 어느덧 우정의 잎 지고 모조리 지고, 희끗희끗 산문山門에 솔가린 양 날리는 눈발, 넌 또 뭐라 할 것인가? 저 흩날리는 눈발을, 나 또한.

성城이 그림

국민학교 일학년
성城이 그림을 보면
사람들은 모두
따에 누워 있다.

햇님을 바라
나무도
뉘여 있다.

하늘 나는 새,
하늘 나는 새도
따에 나르고.

미닫이에 얼비쳐

호두 깨자
눈 오는 날에는

눈발 사근사근
옛말 하는데

눈발 새록새록
옛말 하자는데

구구샌 양 구구새 모양
미닫이에 얼비쳐

창호지 안에서
호두 깨자

　　호두는 오릿고개
　　싸릿골 호두.

홍시紅柿 있는 골목

바람 부는 새때,
아침 열시서 열한시,
가랑잎 몰리듯 몰리는
골목 안 참새.
갸웃갸웃 쪽문 기웃대다
쫑쫑이 집 쫑쫑이
흘린 밥알 쪼으다
지레 놀래
가지 타고 꼭지 달린
홍시紅柿에 재잘거린다.

　　추녀에 물든 놀,
　　용고새 용마름엔
　　누가 사아나.
　　토담에 물든 놀,
　　용마름 용고새엔
　　누가 사아나.

물방울 튕기듯 재잘거린다.

바람 부는 새때,
낮 세시서 네시.

오늘은

묻지 말자
옷소매
스치는
스산한 바람
행방을
엉거주춤 추녀 밑
잠시 머무는
황혼의 거처를.

묻지 말자 묻지 말자
눈 오는 새벽
지우고 지우는
사연
살 빠진 참빗에
굽이굽이
먼 사람의
안위를
(오늘은, 오늘은)

면벽面壁 2

꼭지 달린 모과木瓜
랑
잦은 진눈깨비
랑
차茶를
드노니

— 작설차雀舌茶

금산사金山寺
종소리
마른 손질
일곱 번 갔다니
신문지 행간行間 시려운
아침

면벽面壁하고
드노니
삭발한 벗

푸른 이마
어려라

잦은 진눈깨비
랑
꼭지 달린 모과木瓜
랑.

영등할매

김칫독 터진다는
말씀
2월二月에
떠올라라
묵은 미나리꽝
푸르름 돌아
어디선가
종다리
우짖듯 하더니
영등할매 늦추위
옹배기 물
포개 얼리니
번지르르 춘신春信
올동 말동.

행간行間의 장미

하루에 몇 번 무릎 세우겠구나, 머언 기적 소리에. 네가 띄운 사연,
행간行間의 장미 웃고 있다만. 그리던 방학에도 내려오지 못하는 연燕
아. 너는 일하는 베짱이 화가 지망의 겨울 베짱이. 오 이건 쫌쫌 네가
가을볕에 짜준 쥐색모帽. ─실내모室內帽로 감싸는 아빠의 치통齒痛.
오 이건 닿을 데 없는 애틋한 아빠의 자정子正의 독백獨白. 연燕아, 네가
띄운 사연, 행간行間의 장미 웃고 있다만.

곡曲

오동나무 밑둥
한쪽만 적시는
가랑비
지난날을 울어

　저 철로 건널목
　어른대는 역부驛夫
　하얀 수기手旗에
　돌을 쪼으듯 울어

아아 인간사
스무 살까지라는데
젊어서 그랬듯
서서 울어.

막버스

내리는 사람만 있고
오르는 이 하나 없는
보름 장날 막버스
차창 밖 꽂히는 기러기떼,
기러기떼 보아라
아 어느 강마을
잔광殘光 부신 그곳에
떨어지는가.

쇠죽가마
— 이문구 李文求

솔개 그림자
스치는
행정춈亭 마슬
그대
팔꿈치로
그리는
소금쟁이
잠자리 아재비
물방개
지우고 지우고
그대
발꿈치로
그리는
엉겅퀴
도깨비바늘
괭이풀
지우고 지우고
오 그대
가장 뜨거운

168

입김으로
그리는
쇠죽가마
불씨
하나뿐인 젊음
하나뿐인 노래.

목침木枕 돋우면

구구 비둘기는
이제 밤마다
울지 않는다
자다 깨다
목침木枕 돋우면
마른 손
복사뼈에
달빛 스며
초간草間에 살으란다,
살으란다.

액자 없는 그림

능금이
떨어지는
당신의
지평地平
아리는
기류氣流
타고
수수 이랑
까마귀떼
날며
울어라
물매미
돌듯
두 개의
태양.

동전銅錢 한 포대布袋

밤바람은 씨잉 씽
밤바람이 씽씽

잃은 동전銅錢 한 포대布袋
은전銀錢 한 포대布袋

어쩌면 글보다 먼저
독한 술을 배워

잃은 은전銀錢 한 포대布袋
동전銅錢 한 포대布袋

비인 손이여
가슴이여

한 포대布袋 은전銀錢은 어디
동전銅錢은 어디

밤바람이 씽씽

밤바람은 씨잉 씽.

상치꽃 아욱꽃

상치꽃은
상치 대궁만큼 웃네.

아욱꽃은
아욱 대궁만큼

잔 한 잔 비우고
잔 비우고

배꼽
내놓고 웃네.

이끼 낀
돌담

아 이즈러진 달이
실낱 같다는

시인의 이름

잊었네.

Q씨의 아침 한때

쓸쓸한 시간時間은
아침 한때
처마밑 제비
알을 품고
공연스레 실직자失職者
구두끈 맬 때
무슨 일, 바삐
구두끈 맬 때

오동꽃 필 때
아침 한때.

소리
─신년송新年頌

둥 둥둥 울려라 출범의 북소리 울려라
지잉 징 울려라 출범의 징소리 울려라
까치가 우짖어 새해는 아니지만
까치가 우짖어 새해 새아침

옥양목 대님을 치고
옥양목 대님을 치고
꼭두서니 먼동을 바라면
꼭두서니 먼동을 바라면
안개를 가르고 겹겹 안개를 가르고
구름을 헤치고 겹겹 구름을 헤치고
눈먼 사람을 눈뜨게 하는
귀먹은 사람을 귀 밝게 하는
그대, 은자隱者의 정기 어린
겨레의 얼, 청년의 맥박으로
둥 둥둥 울려라 출범의 북소리 울려라
지잉 징 울려라 출범의 징소리 울려라
낙락장송 드리운 동해 바다에 울려라
망망대해 너울대는 천파만파에 울려라

한 송이 꽃을 위해 정의를

한 마리 양을 위해 자유를

평화 위해, 영원 위해

밟아도 밟아도 소생하는 민들레의 의지로

휘어도 휘어도 꺾이잖는 버들개지의 의지로

오, 그대

일월의 연자매!

유구한 인고의 산하여

인고의 의지로

이끼 낀 바위에 돌꽃이 피듯이

오뉴월 하늘에 서릿발 내리듯이

저, 관촉사 문살의 연화 무늬듯이

그윽이 아름다운 아름다운 슬기로

둥 둥둥 울려라 출범의 북소리 울려라

지잉 징 울려라 출범의 징소리 울려라

까치가 우짖어 새해는 아니지만

까치가 우짖어 새해 새아침

나무도 박달나무는 북채가 되어
나무도 박달나무는 징채가 되어.

풍각장이

은진미륵은
풍각장이
솔바람 마시고
댓잎 피리 불드래

진달래 철에는
진달래 먹고
국화 철에는
국화꽃 먹고
동산에 달 뜨면
거문고 뜯드래

아득한 어느 날
땅속에서 우연히
솟아오른 바윗덩이
꽹과리 치고 북 치고
솟아오른 바윗덩이
혜명대사 예언으로
미륵불이 되드래

꼬부랑 할머니
꼬불꼬불 찾아와
우리 아가 몸에서
향내 나게 하소서
우리 아가 몸에서
향내 나게 하소서
사흘 밤 사흘 낮을
미륵불에 빌었더니
아가 몸에서
향내 나드래
논두렁 우렁이
몸에서도 나드래

까마귀떼
소리개떼
푸득푸득 날아와
어깨랑 이마에
하얀 똥 갈겨도

은진미륵
큰 관 쓴 채
큰 관을 쓴 채
끄으덕 끄덕
웃드래 웃드래

지금은 논산군
은진면
관촉리에
장승처럼 섰지만
호남 벌판 굽으며
동양 제일 석불이
은진미륵일 줄이야
나그네도 모르드래

이끼 낀 관촉사
쇠북종만 알아서
천년을 모시드래
천년 두고 모시드래

들러리 골짜기
산수유도 알아서
산수유꽃 봄마다
은진미륵 에워싸고
제일 먼저 피드래
제일 먼저 피드래.

4부

먼 바다

고흐

능금이
떨어지는
당신의
노을
눈 아리는
기류氣流로
지친
모가지
벗은
가슴으로
지닌
한 자루
비수匕首
옥수수밭
까마귀떼
날며
울어라
몇 줄기
허망虛妄

꽃불로
지다.

뺏기

제기를 차다

땅뺏기 하다

올망졸망

공깃돌 버리고

몰려간

국민학교

시골 운동장

일몰日沒에

자지러지는

미루나무 꼭대기

때까치

자리뺏기

하학下學 종소리.

자화상自畵像 3

살어 무엇 하리
살어서 무엇 하리

죽어
죽어 또한 무엇 하리

겨울 꽝꽝나무
꽝꽝나무 열매

울타리 밑의
인연

진한 허망일랑
자욱자욱 묻고

'소한小寒에서
대한大寒 사이'

가출家出하고 싶어라

싶어라.

곰팡이

진실眞實은
진실眞實은

지금 잠자는 곰팡이뿐이다
지금 잠자는 곰팡이뿐이다

누룩 속에서
광 속에서

명정酩酊만을 위해
오오직

어둠 속에서
…….

거꾸로 매달려

접분接分

청靑참외
속살과 속살의
아삼한 접분接分
그 가슴
동저고릿바람으로
붉은 산山
오내리며
돌밭에
피던 아지랭이
상투잡이
머슴들
오오, 이제는
배나무
빈 가지에
걸리는 기러기.

만선滿船을 위해

바람은 바람은

보이잖는 악기樂器

가랑잎 산山에선

가랑잎 노래

대숲 아래선

댓잎의 노래

바람은 바람은

어머니의 약손

여릿여릿 꽃망울

이울게 하고

보리밭 열두 이랑

수욱수욱 키우고

바람은 바람은

여명黎明 전前의 바람은

어둠을 몰아내고

어둠을 살라먹고

만선滿船을

위해

네 바다의 고기떼도

몰아서 오는
물보라 속의
회오리 바람
오오, 앵두빛.

처마밑

벗과 더불어
슬라브 슬라브 지붕은 쓸쓸하구나

벗과 더불어
제비 없는 술병은 쓸쓸하구나

하루에도 수백 번
들바람, 부토腐土를 묻혀오던

골목을 누비던
먹기와빛 깃

제비 없는 처마밑
끄으름이 서누나

옥수수, 단수숫대 이삭은 펴도
벗과 더불어

계룡산鷄龍山
— 충남일보忠南日報 창간創刊 25주년週年에 부쳐

솟아라 진리의 노고지리 골짜기마다
샘물 솟듯 솟아라 진리의 노고지리

눈먼 사람을 눈뜨게 하고
귀먹은 사람을 귀 밝게 하라

(안개를 가르고 겹겹 안개를 가르고)

고즈넉한 새벽
첫번 닭이 울고
먼동이 트일
때
그대는 비로소
용龍이 되어
만호에 우뚝 솟았다.

그대
은사隱士의 정기
삼백오십만

충남 도민의
젖줄이여

할아버지의 할아버지,
할아버지가 그대
품을 찾을
때
강물은 벌써
황산벌에 도도히 도도히 흐르고 있었으니
우리들의 강물이여
백제의 맥박이여
천년의 맥박을 그대 영봉靈峰에 새겨라.

(구름을 헤치고 겹겹 구름을 헤치고)

그대
은사隱士의 얼
삼백오십만
충남 도민의

힘줄이여

할머니의 할머니,
할머니가 그대
품을 찾을
때
태양은 벌써
소줏벌에 이글이글 뜨고 있었으니
우리들의 태양이여
백제의 빛이여
천년의 빛을 그대 영봉靈峰에 새겨라.

(어둠을 사르고 겹겹 어둠을 사르고)

그대
은사隱士의 예지
삼백오십만
충남 도민의
가슴이여

아버지의 아버지,
아버지가
어머니의 어머니,
어머니가 그대의
품을 찾을
때

종소리는 벌써
곰나루에 은은히 은은히 울려퍼지고
있었으니
우리들의 종소리여
백제의 염원이여
천년의 염원을 그대 영봉靈峰에 새겨라.

겹겹 안개를 가르고
겹겹 구름을 헤치고
겹겹 어둠을 사르고
정의의 불꽃이

자유의 불꽃이
평화의 불꽃이
사해四海 둘레에 튄다.

밟아도 밟아도 밟히지 않는
돌이의 의지가 돌리는
꺾어도 꺾어도 꺾이지 않는
순이의 의지가 돌리는
아, 그대
사반세기四半世紀의 연자방아!
육중한 인고의 산山아
이끼 낀 바위에도 꽃이 피고
오뉴월 하늘에 서릿발도 내리나니
비바람, 눈보라 속에서 오히려
의연한 그대 정수리여

계룡산이여
저 관촉사寺 문살의
연화蓮花 무늬같이

아름다운 슬기도 그대 영봉靈峰에 새겨라.

학鶴의 낙루落淚

세상 외로움을 하얀 무명올로 가리우자
세상 괴로움을 하얀 무명올로 가리우자
세상 구차함을 하얀 무명올로 가리우자
세상 억울함을 하얀 무명올로 가리우자

일 년 열두 달 머뭇머뭇 골목을 누비며
삼백예순 날 머뭇머뭇 집집을 누비며
오오, 안스러운 시대時代의
마른 학鶴의 낙루落淚

슬픔은 모른다는 듯
기쁨은 모른다는 듯
구름 밖을 솟구쳐 날고
날다가

세상 억울함을 하얀 무명올로 가리우자
세상 구차함을 하얀 무명올로 가리우자
세상 괴로움을 하얀 무명올로 가리우자
세상 외로움을 하얀 무명올로 가리우자

난蘭

난蘭은 이조 여인女人의 일편단심一片丹心.

이슬과 별이 빚은 대지大地의 딸
사슴과 같이 높은 서열序列.

신사임당을 기리듯
어버이 사랑을 기리듯.

서실書室에 몇 포기 난초를 가꾸어
뿌리가 내리면 이웃을 부르자.

고달픈 손이 오면
향기香氣로 맞이하자.

난蘭은 한국 여인女人의 일편단심一片丹心

사역사 使役詞

아카시아 철에는 아카시아
밤꽃 철에는 밤꽃
싸리꽃 철에는 싸리
사방四方 십 리十里를
윙윙 꿀물을 따는 암펄
아랫녘은 한라산
윗녘의 오대산
지리산 속속들이
팔방八方 십 리十里를
윙윙 꿀물을 따는 암펄
연자매 돌듯
경단을 빚듯

잔

가을은 어린 나무에도 단풍 들어
뜰에 산사자山査子 우연듯 붉은데
벗이여 남실남실 넘치는 잔
해후邂逅도 별리別離도 더불어 멀어졌는데
종이, 종이 울린다 시이소처럼

논산論山을 지나며

　겨울 농부農夫의 가슴을 설레고 설레게 하는 논산論山 산업사 정미소 안뜰의 산山더미 같은 왕겨여, 김이 모락모락 피는 아침 왕겨여 지나는 나그네
　보기만 해도 배불러라

바람 속

콩을 주마
콩을 주마
맨땅의 비둘기야
너도
사는 것이 문제려냐
구구구 비둘기야
이건 시詩의 가랑잎
가랑잎을
되씹고 씹는
오늘
난
바람 속 노새

오호

박고지 말리는 낭산狼山골
학이 된 백결百結 선생
돗자리 두르고 두르고
거문고 줄 고르면
훗훗 밭머리 흩어지는
새떼
마당 가득 메워
더러는 굴뚝 모퉁이
떨어지는 메추라기
오호 한 잔의 이슬

연지빛 반달형型

미풍 사운대는 반달형型 터널을 만들자. 찔레 넝쿨 터널을. 모내기 다랑이에 비치던 얼굴, 찔레.

폐수廢水가 흐르는 길, 하루 삼부 교대의 여공女工들이 봇물 쏟아지 듯 쏟아져나오는 시멘트 담벼락.

밋밋한 담벼락 아니라, 유리쪽 가시철망 아니라, 삼삼한 찔레 넝쿨 터널을 만들자, 오솔길인 양.

산머루같이 까만 눈, 더러는 팟기 가신 볼, 갈래머리 단발머리도 섞인 하루 삼부 교대의 암펄들아

너희들 고향은 어디? 뻐꾹 뻐꾹 소리 따라 감꽃 지는 곳, 감자알은 아직 애리고 오디 또한 잎에 가려 떨떠름한

슬픔도 꿈인 양 흐르는 너희들, 고향 하늘 보이도록. 목덜미, 발꿈 치에도 찔레 향기 묻히도록.

연지빛 반달형型 터널을 만들자.

밭머리에 서서

노랗게 속 차오르는 배추밭머리에 서서
생각하노니
옛날에 옛날에는 배추 꼬리도 맛이 있었나니 눈 덮인 움 속에서 찾
아냈었나니

하얗게 밑둥 드러내는 무밭머리에 서서
생각하노니
옛날에 옛날에는 무꼬리 발에 채였었나니 아작아작 먹었었나니

달삭한 맛

산모롱을 굽이도는 기적汽笛 소리에 떠나간 사람 얼굴도 스쳐가나
니 설핏 비껴가나니 풀무 불빛에 싸여 달덩이처럼

오늘은
이마 조아리며 빌고 싶은 고향故鄉

212

제비꽃 2

수숫대 앙상한 6 · 25의 하늘. 어쩌다 남루襤褸를 걸치고 내 먹이 위해, 반라半裸의 거리 변두리에 주둔한 미군부대의 차단한 병동病棟, 한낱 사역부로 있을 때. 하루는 저물녘 동부전선에선가 후송해 온 나어린 이국異國 병사兵士. 그의 얄팍한 수첩手帖 갈피에서 본, 접힌 나비 모양의 꽃이파리 한 잎. 수줍은 듯 살포시 펼쳐 보이던 떨리던 손의 꽃이파리 한 잎. 어쩌면 따를 가르는 포화 속에서도 그가 그린 건 한 점 풀꽃였던가. 어쩌면 자욱히 화약 냄새 걷히는 황토밭에서 문득 누이를 보았는가. 한 포기 제비꽃에 어린 날의 추억도. 흡사 하늘이 하나 이듯. 그날의 차단한 병동病棟, 흐릿한 야전침대 머리의 한 줄기 불빛, 연보라의 미소微笑.

물기 머금 풍경 1

뭣 하러 나왔을까
멍멍이,
망초 비낀 논둑길
꼴 베는 아이
뱁새
돌아갔는데
뭣 하러 나왔을까
누굴 기다리는 것일까.
솔밭에 번지는
상가喪家의
불빛.

저물녘

지렁이 울음에

비스듬 문살에

반딧불 달자.

추풍령秋風嶺 넘는

아랫녘 체장수

쳇바퀴에도 달자,

가을 듣는

당나귀 갈기에도.

물기 머금 풍경 2

반쯤 들창 열고 본다.

드문드문 상고머리 솔밭
넘어가는 누런 해
반쯤만 본다.
잉잉 우는 전신주
귀퉁이에 매달린 연 꼬리
아슬히 비낀 소년의 꿈도

반의반쯤만 본다.

비가 올 것인가.

눈이 올 것이다.

겨레의 푸른 가슴에 축복祝福 가득
— 신년시新年詩

눈을 밟는다.
자욱 자욱
옷깃 세우고
뜨거운 입김으로
자욱 자욱 밟는다.
신생의 1980년

새해 새아침

가슴을 연다.
아슴 아슴
목마름 축이고
일렁이는 징소리로
아슴 아슴 연다.
푸른 가슴에
깃든 푸른 미래

우러러 우러러

겨레의 슬기
겨레의 끈기
겨레의 믿음
겨레의 긍지

우러러 우러러

연을 띄운다.
가오리연
까치연
수박연
무지개연
축복 가득 띄운다.
방방곡곡
집집마다
염원의 1980년

새해 새아침

팽이를 돌린다.
쌩쌩
빛나는 얼음판
쉬지 않고
쌩쌩 돌린다.

진정한 자유
진정한 평등
진정한 평화
진정한 진정한

위하여 위하여

쌩쌩 돌린다

출범의 고동
출범의 맥박
겨레의 영원
겨레의 시詩

위하여 위하여

열린다
열린다

순리順理의 하늘 뮤門,

부여扶餘

꾀꼴 소리 넘치는 눈먼 석불石佛, 물꼬 보러 가듯 가고 없더라. 질경이 씹으며 동저고릿바람으로.

노을 잠긴 국말이집 상머리 너머 세월歲月, 앉은뱅이꽃.

언덕 하나 사이 두고 언덕, 징검다리뿐이더라.

버드나무 길

맘 천근 시름겨울 때
천근 맘 시름겨울 때
마른 논에 고인 물
보러 가자.
고인 물에 얼비치는
쑥부쟁이
염소 한 마리
몇 점의 구름
홍안紅顏의 소년少年같이
보러 가자.

함지박 아낙네 지나가고
어지러이 메까치 우짖는 버드나무
길.

마른 논에 고인 물.

보름

관북리官北里 가는 길

비켜 가다가

아버지 무덤

비켜 가다가

논둑 굽어보는

외딴 송방에서

샀어라

성냥 한 갑匣

사슴표,

성냥 한 갑匣

어메야

한잔 술 취한 듯

하 쓸쓸하여

보름, 쥐불 타듯.

앵두, 살구꽃 피면

앵두꽃 피면
앵두바람
살구꽃 피면
살구바람

보리바람에
고뿔 들릴세라
황새목 둘러주던
외할머니 목수건

열사흘

부엉이
은모래
한 짐 부리고
부헝 부헝
부여 무량사
부우헝
열사흘
부엉이
은모래
두 짐 부리고
부헝 부헝
서해 외연도
부우헝

명매기

전주全州 다가공원多佳公園
날던 명매기
공주산성公州山城에서
우짖누나

오늘의 구름
그제 같은데
백년이 흐른 듯
천년이 흐른 듯
묵은 일력日曆 너머
창포菖蒲 피는데

소인 없는 사연
감꽃 지누나

점 하나

꿈꾸는
아가 눈 밑에 깨알
점 하나
잠자는
아빠 눈 밑에 깨알
점 하나
샘가,
확독에
백년이 흘러
섬돌에 맨드라미
피는 날
맨드라미 꽃판에
깨알 점
한 됫박

눈물받이 눈물점

손끝에

"토담 너머 호박꽃 물든 노을 속 논둑 개구리 밟을까봐 까치걸음
하던 어린 날의 최종태崔鍾泰"

비둘기, 독수리

같은

새 한 마리

안고

외길

가는

최종태崔鍾泰의

벙거지

밀잠자리, 왕잠자리

따르고

단환丹環 빛는

손끝에

타는 듯

봉선화

오 보이잖는

길

때론 삐딱이

주막

찾는,

먼 바다

마을로 기우는
언덕, 머흐는
구름에

낮게 낮게
지붕 밑 드리우는
종소리에

돛을 올려라

어디메, 막 피는
접시꽃
새하얀 매디마다

감빛 돛을 올려라

오늘의 아픔
아픔의
먼 바다에.

음화陰畵

몽당연필이 촘촘 그리는 낙엽, 서리, 서릿발의 입김. 땅재주 넘는 난장이. 불방망이 돌아 접시의 낙하落下. 말발굽 소리. 촘촘 창틀에 그리는 새, 홍시, 홍시의 꼭지. 어려라. 콧등이 하얀 원숭이.

육십의 가을

—거기
그 자리.
봉선화 주먹으로 피는데
피는데

밖에 서서 우는 사람

건듯 갈바람 때문인가,

밖에 서서 우는 사람

스치는 한 점 바람 때문인가,

정말?

첫눈

눈이 온다 눈이 온다
담 너머 두세두세
마당가 마당개
담 너머로 컹컹

도깨비 가는지
'한숨만 참자'
낮도깨비 가는지

마을

참새 몇 마리 기웃거리다 갔다
빈집 같았다
빈집인 줄 알았더니
짝짝이 신발 끌고 나왔다
꼬부랑 할머니,

누가 왔소?
누가 왔소?

빈집 같았다

마른 해바라기 줄기 밑
들고양이 잠들고.

초당草堂에 매화梅花
―선배先輩 장영창張泳暢 님 회갑回甲에

김장 마늘 몇 쪽 시렁 위 호리박에 두었더니, 움이 트고 촉이 나서
푸르른 아침. 이스락 줍던 만경강萬頃江 기슭, 늙은 표모漂母의 방망이
소리. 물총새 함께 아니 기쁘랴.

초당草堂에 매화梅花.

236

오류동五柳洞의 동전銅錢

한때 나는 한 봉지 솜과자였다가
한때 나는 한 봉지 붕어빵였다가
한때 나는 좌판坐板에 던져진 햇살였다가
중국中國집 처마밑 조롱鳥籠 속의 새였다가
먼 먼 윤회輪廻 끝
이제는 돌아와
오류동五柳洞의 동전銅錢.

감새

감새
감꽃 속에 살아라

주렁주렁
감꽃 달고

곤두박질 살아라

동네 아이들
동네서 팽이 치듯

동네 아이들
동네서 구슬 치듯

감꽃
노을 속에 살아라

머뭇머뭇 살아라

감꽃 마슬의
외따른 번지 위에

감꽃 마슬의
조각보 하늘 위에

그림 없는
액자 속에 살아라

감꽃
주렁주렁 달고

감새,

꿈속의 꿈

지상地上은 온통 꽃더미 사태沙汰인데
진달래 철쭉이 한창인데
꿈속의 꿈은
모르는 거리를 가노라
머리칼 날리며
끊어진 현弦 부여안고
가도 가도 보이잖는 출구出口
접시물에 빠진 한 마리 파리
파리 한 마리의 나래짓여라
꿈속의 꿈은

지상地上은 온통 꽃더미 사태沙汰인데
살구꽃 오얏꽃 한창인데

뻐꾸기 소리

외로운 시간은
밀보리빛
아침 열시
라디오 속
뻐꾸기 소리로 풀리고
아침 열시 반
창 모서리
개오동으로 풀리고
그림 없는 액자 속
풀리고, 풀리고
갇힌 방에서
외로운 시간은

때때로

지붕 참새
첫눈 찍는데

마당 참새
첫눈 찍는데

토기土器 한 벌 굽고
두 벌 굽고

제기 차고
살고 싶어라

팽이 치고
살고 싶어라

동네 아이들
꽃무등 서고

때로

때때로

나 사는 곳

뻗치면 닿을 수 있는 거리지만

부르면 대답할 수 있는 거리지만

조각보 같은 오류동 하늘

몇 그루 헐벗은 오류동 나무

부록

수정 전 판본
시집에 싣지 않은 등단 이전과 직후의 발표작
노트에 메모된 미발표작

수정 전 판본

눈

『현대문학』(1957. 11)

하늘과 언덕과 나무를 지우랴
눈이 뿌린다
푸른 젊음과 쓸쓸한 흥분이 묻혀 있는 하루하루 낡어 가는것 우에 눈이
뿌린다
스쳐가는 한점 바람도 없이
억수로 잉잉대는 송이눈
정말 하늘과 언덕과 나무의 限界는 없다
다만 언제나 가난한 마음도 없이 이루워 지는 하얀 地帶.

눈

『싸락눈』(1969. 6)

하늘과 언덕과 나무를 지우랴
눈이 뿌린다
푸른 젊음과 고요한 흥분이 묻혀
있는 하루 하루 낡어가는 것 위에
눈이 뿌린다

스쳐가는 한점 바람도 없이
송이눈 찬란히 퍼붓는 날은
정말 하늘과 언덕과 나무의
限界는 없다
다만 가난한 마음도 없이 이루워 지는
하얀 斷層.

* 월간 『현대문학』에 처음 발표한 작품으로, 시집 『싸락눈』에 실을 때 일부 구절을 수정했고, 시선집 『강아지풀』에 실으면서 3~4행의 "묻혀/있는"을 "서린"으로, 4행의 "낡어가는"을 "낡아가는"으로 수정하였다.

雪夜

『현대문학』(1957. 11)

눈보라
휘 돌아
간
밤
얼룩진
壁에
서섬이는
맷돌 가는 소리

高山植物처럼

여윈
어머니가
돌리시든

오리오리
그날의
맷돌 가는 소리.

雪夜

『싸락눈』(1969. 6)

눈보라 휘돌아간 밤
얼룩진 壁에
한참이나
맷돌 가는 소리
高山植物처럼
늙은 어머니가 돌리시던
오리 오리
맷돌 가는 소리.

* 월간 『현대문학』에 처음 발표한 작품으로, 시집 『싸락눈』에 실을 때 행갈이를 수정
하고 일부 시어를 삭제, 수정했으며, 시선집 『강아지풀』에 실을 때 6행의 "늙은"을
"늙으신"으로 수정하였다.

땅

『현대문학』(1956. 4)

나 하나
나 하나뿐 생각했을때
멀리 끝가지 달려 갔다 무너져 돌아온다.

아슴프레 燈皮처럼 흐리는 黃昏.

나 하나
나 하나 만도 아니랬을때
머리 위엔
은하.

우러러 항시 나는 업드려 우는건가.

언제까지나 作別을 아니 생각할수는 없고,
다시 기다리는 位置에선 오늘이 서려

아득히 어긋남을 이어오는 고요한 사랑.

헤아릴수 없는 상처를 지워
찬연히 쏟아지는 빛을 줏어 모은다.

땅

『싸락눈』(1969. 6)

나 하나
나 하나 뿐 생각 했을 때
멀리 끝까지 달려갔다 무너져 돌아 온다

아슴프레 燈皮처럼 흐리는 黃昏

나 하나
나 하나만도 아니랬을때
머리위엔
은하
우러러 항시 나는 업드려 우는건가

언제까지나 作別을 아니 생각할수는 없고
다시 기다리는 位置에선 오늘이 서려
아득히 어긋남을 이어오는 고요한 사랑

헤아릴수 없는 상처를 지워
찬연히 쏟아지는 빛을 주워 모은다

* 월간『현대문학』에 추천되어 실린 작품으로, 시집『싸락눈』에 실을 때 연 구분을 수정했고, 시선집『강아지풀』에 실을 때 2연의 "아슴프레"를 "어슴프레"로, 3연의 "위엔"을 "위에"로 수정하였다.

가을의 노래

『현대문학』(1955. 6)

깊은 밤 풀벌레 소리와 나 뿐이로다
시냇물은 흘러서 바다로 간다
어두움을 저어 시냇물처럼 저렇게 떨며 흐느끼는 풀벌레 소리……
쓸쓸한 마음을 몰고 간다
빗방울처럼 이었는 슬픔의 나라
後園을 돌아 가며 잦아지게 운다
오로지 하나의 길 위,
뉘가 밤을 絶望이라 하였나
맑긋 맑긋 푸른 별들의 눈짓
풀잎에 바람
살아 있기에
밤이 오고
동이 트고
하루가 오가는 다시 가을 밤
외로운 그림자는 서성거린다
찬 이슬 밭엔 찬 이슬에 젖고
언덕에 오르면 언덕
허전한 수풀 그늘에 앉는다
그리고 등불을 죽이고 寢室에 누워
호젓한 꿈 太陽처럼 지닌다
허술한
허술한

풀버레와 그림자와 아아 가을 밤.

* 월간『현대문학』에 추천되어 실린 작품으로, 시집『싸락눈』에 실을 때 3행을 두 행으로 나누고 마지막 행의 "아아"를 삭제하였다.『강아지풀』에는 3행과 4행 사이에 연 구분이 되어 있는데 편집상의 실수로 보인다. 3행과 4행은 의미상 연결되어 있어서 연 구분을 할 이유가 없으며, 이 시집의 육필 원고에도 연 구분은 되어 있지 않다.

黃土길

『현대문학』(1956. 1)

落葉진 오동나무 밑에서
우러러 보는 비늘 구름
한卷 冊도 없이
벗도 없이
저무는
黃土길.

맨 처음 이길로 누가 넘어 갔을가
맨 처음 이길로 누가 넘어 왔을가

쓸쓸한 흥분이 묻혀 있는 길
부서진 烽火台 보이는 길

그날사 미음들레 꽃은 피었으리

해바라기 만큼한

푸른 별은 또 미움들레 송이 위에서
꽃등처럼 주렁주렁 돋아 났으리

푸르다 못해 검던 밤 하늘
빗방울처럼 부서지며 꽃등처럼 밝아 오던 그 하늘

그날의 그날 별을 본 사람은
얼마나 놀랐으며 부시었으리

사면에 들리는 威嚴도 없고
江 언덕 갈대닢도 흔들리지 않았고

다만 먼 火山 터지는 소리
들리는 것 같아서

귀대이고 있었으리.
땅에 귀 대이고 있었으리.

黃土길

『싸락눈』(1969. 6)

落葉진 오동나무 밑에서

우러러 보는 비늘 구름
한卷 冊도 없이
저무는
黃土길

맨 처음 이길로 누가 넘어 갔을까
맨 처음 이길로 누가 넘어 왔을까

쓸쓸한 흥분이 묻혀 있는 길
부서진 烽火臺 보이는 길

그날사 미음들레 꽃은 피었으리
해바라기 만큼한

푸른별은 또 미음들레 송이 위에서
꽃등처럼 주렁 주렁 돋아 났으리

푸르다 못해 검던 밤 하늘
빗방울처럼 부서지며 꽃등처럼
밝아오던 그 하늘

그날의 그날 별을 본 사람은
얼마나 놀랐으며 부시었으리

사면에 들리는 威嚴도 없고

江 언덕 갈대닢도 흔들리지 않았고

다만 먼 火山 터지는 소리
들리는것 같애서

귀대이고 있었으리.

땅에 귀 대이고 있었으리.

* 월간『현대문학』에 추천되어 실린 작품으로, 시집『싸락눈』에 실을 때 4행의 "벗도 없이"를 삭제하고 일부 연 구분과 행갈이를 수정했으며, 시선집『강아지풀』에 실으면서 다시 일부 연 구분을 수정하였다.

코스모스

『현대문학』(1957. 11)

曲馬團이
걷어간
허전한
자리는
코스모스의
地域

코스모스

먼
아라스카의
햇빛처럼
그렇게
슬픈
언저리를
에워
가는

참으로
내
부르고
싶었던
노래.

코스모스
또
영
돌아 오잖는
少女의
指紋.

코스모스

『싸락눈』(1969. 6)

曲馬團이
걸어간
허전한
자리는
코스모스의
地域.

코스모스
먼
아라스카의 햇빛처럼
그렇게
슬픈 언저리를
에워서 가는
緯度

정말
내가
사랑했던 사람의
一生.

코스모스
또 영

258

돌아오지 않는

少女의

指紋

* 월간『현대문학』에 처음 발표한 작품으로, 시집『싸락눈』에 실을 때 2연과 3연을 수정했고, 시선집『강아지풀』에 실으면서 3연의 "정말"을 "참으로"로 수정하였다.

엉겅퀴

『현대문학』(1956. 10)

잎새를 따 물고 돌아서잔다
이토록 갈피없이 흔들리는 옷자락
몇발자욱 안에서 그날 엷은 웃음살마저 번져도
그리운이 지금은 너무 멀리 있다
어쩌면 오직 너 하나만을 위해
기운 피곤이 보라빛 홍분이 되어
슬리는 능선
함부로 폈다
목놓아 진다

엉겅퀴

『싸락눈』(1969. 6)

잎새를 따 물고 돌아서 잔다
이토록 갈피 없이 흔들리는 옷자락

몇 발자욱 안에서 그날
엷은 웃음 살 마져 번져도

그리운 이 지금은 너무 멀리 있다
어쩌면 오직 너 하나만을 위해

기운 피곤이 보라빛 홍분이 되어
슬리는 저 능선

함부로 폈다
목놓아 진다.

* 월간 『현대문학』에 처음 발표한 작품으로. 시집 『싸락눈』에 실을 때 연 구분을 했고
시선집 『강아지풀』에 실을 때 2연의 "발자욱"을 "발자국"으로 수정하였다.

뜨락

『현대문학』(1958. 9)

木果나무
구름
소금 항아리
삽살개
개비름
主人은 不在.
손만이 기다리는 時間
흐르는 그늘
그들은 서로 말을 할수는 없다
다만 한 家族과 같이 조용히 情을
나눈다

뜨락

『싸락눈』(1969. 6)

木瓜나무, 구름
소금 항아리
삽살개
개비름
主人은 不在
손만이 기다리는 時間

흐르는 그늘

그들은 서로 말을 할 수는 없다.

다만 한 家族과 같이 조용히 情을 나눈다.

* 월간 『현대문학』에 처음 발표한 작품으로. 시집 『싸락눈』에 실을 때 1행의 "木果나무"를 "木瓜나무"로 바꾸고 행갈이를 수정했으며, 시선집 『강아지풀』에 실을 때 마지막 부분의 "다만 한 家族과 같이 조용히 情을 나눈다"를 "다만 한 家族과 같이 어울려 있다"로 수정하였다.

울타리 밖에도 花草를 심는 마을의 詩

『현대문학』(1959. 2)

머리가 마늘쪽같은 흡사 마늘쪽같이 생긴 고향의 少女와 한 여름을 알몸으로 사는 고향의 少年과 같은 낯이 설어도 사랑운 들길이있다

그길에 아지랑이 피듯 해가 타듯 제비가 날 듯 길을따라 물이 흐르듯 그렇게 그렇게

天然히

울타리 밖에도 花草를 심는 마을이 있다

오래도록 殘光이 부신 마을이 있다.

밤이면 더 많이 별이 뜨는 마을이 있다

울타리 밖

『싸락눈』(1969. 6)

머리가 마늘쪽 같이 생긴 고향의 少女와
한 여름을 알몸으로 사는 고향의 少年과
같이 낯이 설어도 사랑 스러운 들길이
있다

그 길에 아지랑이가 피듯 태양이 타듯
제비가 날듯 길을 따라 물이 흐르듯 그렇게
그렇게

天然히

울타리 밖에도 花草를 심는 마을이 있다
오래 오래 殘光이 부신 마을이 있다
밤이면 더 많이 별이 뜨는 마을이 있다.

* 월간『현대문학』에 처음 발표한 작품으로, 시집『싸락눈』에 실을 때 제목을 '울타리 밖'으로 바꾸고 행갈이를 수정하고, 일부 구절과 시어를 삭제, 수정했으며, 시선집『강아지풀』에 실을 때 1연의 행갈이를 수정하였다.

雜木林

落葉져
비인
雜木林은
허술한
마을의
食後
風景

섬돌에,
살강에, 씽 바람이 고인다
사락 사락 사락 눈
비뚤어진 기둥에 온다

논길 살 얼음에 온다
候鳥가 운다

落葉져
벌거숭
雜木林은
어쩌면
朝夕으로
쓸쓸한

마을의
草家
지붕

雜木林

『싸락눈』(1969. 6)

落葉져
비인
雜木林은
허술한

마을
食後 風景

사락 사락 싸락눈

비뚤어진 기둥에 온다

논길 살어름에 온다

候鳥가 운다

落葉져

벌거숭이
雜木林은
朝夕으로

쓸쓸한 마을
초가 지붕

* 월간『현대문학』에 처음 발표한 작품으로, 시집『싸락눈』에 수록할 때 일부 시어와
구절을 삭제, 수정했고, 시선집『강아지풀』에 수록할 때 일부 구절에 구두점을 첨가하
였다.

秋日

『현대문학』(1960. 2)

落葉처럼
떨어져
나가
앉은
朝夕

나직한
담밑
꼬아리를 부네요.

까 르
까 르르

귀에
가득
갈 바람이네요

구름이 떴네요
어제의
언덕
아무렇게나
떠도
좋은
구름과 같이 아
그렇게 살 수는 없네요

그늘이 밝아
물 속에 까지 그늘이 지네요

*

밤에도
푸른
胡桃빛
窓가

꼬아리를 부네요

까 르르
까 르
마음이
미음들레
꽃씨처럼
흩어지지 않네요

그런데도
이슥도록
머리 속은
汽笛 소리네요.

秋日

『싸락눈』(1969. 6)

落葉처럼
떨어져
나가
앉은
朝夕

나직한

담밑
꼬아리를 부네요

까르
까 르르

귀에
가득
갈 바람이네요

구름이 떴네요
어제의
언덕
아무렇게나
떠도
좋은
구름과 같이
그렇게 살 수는 없네요

그늘이 밝아
물속으로 그늘이 지네요

밤에도
푸른
胡桃빛

窓가
꼬아리를 부네요

까 르르
까르

미음들레
꽃씨처럼
흩어지지
않네요

그런데도
이슥토록
머리 속은
汽笛소리 뿐이네요

* 월간 『현대문학』에 처음 발표한 작품으로, 시집 『싸락눈』에 실을 때 일부 시어를 수
정, 삭제했고, 시선집 『강아지풀』에 실으면서 내용을 대폭 축약, 수정하였다.

素描 2篇
―故鄕

『현대문학』(1958. 6)

눌더러 물어 볼가

나는 슬프냐
장닭 꼬리 날리는
하얀 바람 봄길
여기사 扶餘
故鄕이란다
눌더러 물어 볼가
정말 나는 슬프냐

故鄕

『싸락눈』(1969. 6)

눌더러 물어 볼까 나는 슬프냐

장닭꼬리 날리는 하얀 바람 봄 길

여기사 扶餘 故鄕이란다

눌 더러 물어 볼까 정말 나는 슬프냐

* 처음 월간 『현대문학』에 '素描 2篇'이라는 제목 아래 '故鄕'이라는 소제목으로 발표
한 작품으로, 시집 『싸락눈』에 「故鄕」으로 독립해 실으면서 행갈이와 연 구분을 수정
했고, 시선집 『강아지풀』에 실을 때 전체를 한 행으로 바꾸고 마지막 구절의 "눌 더러
물어 볼까 정말 나는 슬프냐"를 "나는 정말 슬프냐."로 수정했다.

葉書에

『현대문학』(1961. 12)

들녘에 배추 노랗게 포기 차오는 것 보러 가리

길이 언덕 넘는 것

가다가 단풍

山짜락에 모인 집들 보러 가리

아 대추알에 기운 한오큼 鄕愁.

葉書에

『싸락눈』(1969. 6)

들판에
배추
노랗게
포기
차오는 것 보러 가리

길이
언덕

넘는 것

가다가
단풍

山자락에 모인 집들 보러가리
아 풋 대추알에 기운 한오큼 鄕愁

* 월간 『현대문학』에 처음 발표한 작품으로, 시집 『싸락눈』에 실을 때 행갈이와 연 구
분을 수정하고 첫 구절의 "들녘에"를 "들판에"로, 마지막 구절의 "대추알"을 "풋 대
추알"로 수정했으며, 시선집 『강아지풀』에 실으면서 제목을 '葉書'로 바꾸고 1연과 4
연을 수정하였다.

素描
—佳鶴里

『현대문학』(1963. 5)

바다로 가는 하얀 길
소금 실은 貨物自動車가 사람도 싣고
이따금 먼지를 피우며 간다.

여기는 唐津 松岳面 佳鶴里
가차이 牙山灣이 빛나 보인다.
발밑에 싸리꽃은 지천으로 진다.

* 처음 월간 『현대문학』에 '素描'라는 제목 아래 '佳鶴里'라는 소제목으로 발표한 작품으로, 시집 『싸락눈』에 「佳鶴里」로 독립해 실었고, 시선집 『강아지풀』에 실을 때 마지막 행의 "진다"를 "지고"로 수정하였다.

素描 2편
—散見

『현대문학』(1958. 6)

해종일 보리 타는
밀 타는 바람
논귀마다 글성
개구리 울음
아, 숲이 없는 山에 와
뻐꾹새 울음
駱駝의 등 起伏이는 丘陵
山脈, 먼 오디빛 忘却

散見

『싸락눈』(1969. 6)

해종일 보리 타는
밀 타는 바람

논귀마다 글성
개구리 울음

아 숲이 없는 山에 와
뻐꾹새 울음

駱駝의 등 起伏이는 丘陵
山脈 먼 오디빛 忘却

* 처음 월간 『현대문학』에 '素描 2篇'이라는 제목 아래 '散見'이라는 소제목으로 발표
한 작품으로, 시집 『싸락눈』에 「散見」으로 독립해 실으면서 연 구분을 했고, 시선집
『강아지풀』에 실을 때 마지막 행의 "山脈"을 삭제하였다.

素描
—木瓜茶

『현대문학』(1963. 5)

앞山에 가을비
뒷山에 가을비
낯이 설은 마을에 가을비 소리
이렇다 할 일 없고 긴 긴 밤
木瓜茶를 마시면 가을비 소리

* 처음 월간 『현대문학』에 '素描'라는 제목 아래 '木瓜茶'라는 소제목으로 발표한 작품으로, 시집 『싸락눈』에 「木瓜茶」로 독립해 실으면서 연 구분과 일부 행갈이를 수정하고 마지막 구절의 "木瓜茶를"을 "木瓜茶"로 수정했으며, 같은 작품을 시선집 『강아지풀』에 수정 없이 실었다.

素描
— 風景

『현대문학』(1958. 3)

종달새는
비속에서 울고 있었다

봄풀은
우거져 떨고 있었다

半쯤
물에 묻힌 길자락

그
길자락

두고온
日暮.

風景

『싸락눈』(1969. 6)

종달새는
비속에 울고 있었다

봄 풀은
우거져 떨고 있었다

半쯤
물에 묻힌 길자락

그
길 자락

두고 온
日暮

* 처음 월간 『현대문학』에 '素描'라는 제목 아래 '風景'이라는 소제목으로 발표한 작품
으로, 시집 『싸락눈』에 「風景」으로 독립해 실으면서 1연의 "비속에서"를 "비속에"로
수정했고, 시선집 『강아지풀』에 실을 때 제목을 '봄'으로 바꾸고 시어와 구절도 대폭
수정하였다.

素描
—마을

『현대문학』(1958. 3)

비슷비슷한 이름들이
버섯처럼 모여 산다

울밑에서, 잿무덤 속에서,
모스러진 섬돌 장독까지
치켜든 대싸리 속에서
窓紙에서도
아, 한낮에
등을 들고 나오는가
옛사람들.

옛 사람들

『싸락눈』(1969. 6)

비슷 비슷한 이름들이
버섯처럼 모여 산다

울 밑에서 잿 무덤 속에서
모스러진 섬돌 장독까지

치켜든 댓사리 속
窓紙에서도

한낮에
등을 들고 나오는가 옛 사람들.

* 처음 월간 『현대문학』에 '素描'라는 제목 아래 '마을'이라는 소제목으로 발표한 작품
으로, 시집 『싸락눈』에 '옛 사람들'로 제목을 바꾸어 독립해 실으면서 행갈이와 연 구
분을 수정하고 2연 5행의 감탄사 "아"를 삭제하였다. 이후 시선집 『강아지풀』에 실을
때 다시 내용을 대폭 수정하였다.

素描

『현대문학』(1964. 1)

某日

노랗게 물든 미루나무 길섭 먼
고향 길 해야 지는가
아버지 어머니 같은 사람들
느릿느릿 뒷짐 지르고 가는
木瓜빛 물든 길섭 해야 지는가

某日

들깨 냄새가 나는 울안
골마루 끝에 매미 울음 스몄는가
목을 길게, 먹던 금계랍의 쓴 맛
먼 記憶. 그립다

某日

쌀 씻는 소리에
눈물 머금는 未明
아아
봉숭아야
기껍던 일
그 저런 일

某日(Ⅰ)

『싸락눈』(1969. 6)

쌀 씻는 소리에
눈물 머금는 未明
아아
봉선화야

280

기껍던 일

그 저런 일

某日(Ⅱ)

노랗게 물든 미루나무 길 섶 면

고향길 해야 지는가

아버지

어머니

같은 사람들

느릿 느릿 뒷짐 지르고 가는

木瓜빛 물든 길섶 해야 지는가

某日(Ⅲ)

들깨 냄새가 나는 울안

골마루 끝에 매미 울음 스몄는가

목을 늘여

먹던 금계랍의 쓴 맛

하얀 고양이, 記憶 그립다

* 처음 월간 『현대문학』에 '素描'라는 제목 아래 '某日'이라는 소제목의 작품 세 편을 묶어 발표한 것으로, 시집 『싸락눈』에 '某日'이라는 제목으로 일련번호를 붙여 실으면서 순서를 바꾸고 내용을 일부 수정하였다. 이후 시선집 『강아지풀』에 실을 때 「某日(I)」과 「某日(III)」의 일부 구절을 삭제하고 「某日(II)」를 빼고 '某日'이라는 제목 아래 두 개의 절로 이루어진 작품으로 꾸몄다.

午後

『현대문학』(1965. 1)

먼 時間에 눈이 나린다
조용히 금이 간 해바라기
까닭 모를 熱에 오늘도 寢衣가 젖는다

눈 감으면 비잉 빙 도는 어린 날
하늘
하필은 마당 복판을 두고

늘
마당귀 푸른 댓사리 우에만 뜨든
꽃잠자리떼
하늘

빙빙 빙 도는 그때의 하늘
하얀 空間에 눈이 나린다.

해바라기

『싸락눈』(1969. 6)

조용히 금간 해바라기
속을
비잉 비잉 돈다
어릴때 하늘
마당 구석지
물빛 댓사리 위에만
뜨던 고추 잠자리 떼
하늘이
알몸에 고여

빙빙빙 돈다.

부질없는 이 午後의 熱

늦은 時間이 內衣를 적신다.

* 월간 『현대문학』에 처음 발표한 작품으로, 시집 『싸락눈』에 실을 때 제목을 '해바라기'로 바꾸고 내용을 대폭 수정했으며, 시선집 『강아지풀』에 실으면서 제목을 다시 '고추잠자리'로 바꾸고 내용도 다시 수정하였다.

저녁눈

『월간문학』(1969. 4)

늦은 저녁때 오는 눈발은 말집 호롱불 밑에 분비다

늦은 저녁때 오는 눈발은 조랑말 발굽 밑에 분비다

늦은 저녁때 오는 눈발은 여물 써는 소리에 분비다

늦은 저녁때 오는 눈발은 변두리 빈터만 다니며 분비다

저녁눈

『싸락눈』(1969. 6)

늦은 저녁때 오는 눈발은 말집 호롱불 밑에 붐비다

늦은 저녁때 오는 눈발은 조랑말 발굽 밑에 붐비다

늦은 저녁때 오는 눈발은 여물 써는 소리에 붐비다

늦은 저녁때 오는 눈발은 변두리 빈터만 다니며 붐비다

*『월간문학』에 처음 발표한 작품으로, 시집『싸락눈』에 실을 때 "분비다"를 "붐비다"로 수정했고, 시선집『강아지풀』에 실을 때 마지막 구절에 마침표를 찍었다. '분비다'는 '붐비다'의 충청 방언이다.

三冬

『싸락눈』(1969. 6)

어두컴컴한 부엌에서 새여나는 불빛이여 늦은 저녁床 치우는 달그락 소리여 비우고 씻는 그릇 소리여 어디선가 가랑잎 지는 소리여 밤이여 작은 밤이여 섧은 齋이여

어두컴컴한 부엌에서 새여나는 아슴한 불빛이여

三冬

『현대문학』(1969. 8)

어두컴컴한 부엌에서 새어나는 불빛이여 늦은 저녁床 치우는 달그락 소

리여 비우고 씻는 그릇 소리여 어디선가 가랑잎 지는 소리여 밤이여 작은
밤이여 슬픈 魂이여

　어두컴컴한 부엌에서 새어나는 아슴한 불빛이여

　三冬

『팽나무』(1971. 12)

　어두컴컴한 부엌에서 새여나는 불빛이여 늦은 저녁床 치우는 달그락 소
리여 비우고 씻는 그릇 소리여 어디선가 가랑잎 지는 소리여 밤이여 작은
밤이여 섧은 魂이여

　어두컴컴한 부엌에서 새여나는 아슴한 불빛이여

* 시집 『싸락눈』에 처음 발표한 작품으로, 몇 달 후『현대문학』에 다시 발표하면서 연
구분을 수정하고 1연의 "섧은"을 "슬픈"으로 수정했으며, 같은 작품을 강경상고 교지
『팽나무』에 재수록하면서 다시 원래대로 바꾸었다. 이후 시선집 『강아지풀』에 수록할
때 행갈이를 크게 수정하고 1연의 "작은 밤이여"를 삭제하였다.

　그늘이 흐르듯

『현대문학』(1962. 5)

　五月은
　초록

비 젖어
허전한
SPELL
가슴에
밀려

일찍
없었던
마음 자리
물에
그늘이 흐르듯
흐르는
그리움

아 五月은
외로운
SPELL
비로 엮는
내 가슴
생각다 생각해
腐蝕하는
映像.

* 월간 『현대문학』에 처음 발표한 작품으로, 시집 『싸락눈』에 실을 때 "마음 자리"를 "맘"으로, "내 가슴"을 "가슴"으로 수정하고 전체를 한 연의 형태로 바꾸었다.

素描
—두멧집

『현대문학』(1963. 5)

자욱이 버들꽃 날라드는 집이 있었다.
한낮을 개구리 울어샇는 집이 있었다.
뉘우침도 설레임도 없이
송송 구멍 뚫린 들窓
안개비 오다 마다 두멧집이 있었다.

* 처음 월간 『현대문학』에 '素描'라는 제목 아래 '두멧집'이라는 소제목으로 발표한 작
품으로, 시집 『싸락눈』에 「두멧집」으로 독립해 실으면서 연 구분과 일부 시어를 수정
하였다.

歲暮

『싸락눈』(1969. 6)

눈길에 버려진 한짝 장갑 헤어진 장갑
男子의 장갑
지우고 지운 欲望같애
보고 주워보는
가벼운 가벼운 感傷의 날개

둘레

『현대문학』(1960. 9)

山에는 山 빛이 있어 좋다
머언 山 가차운 山
가차운 山에 버들꽃이 흩날린다
머언 山에 저녁해가 부시다
아 山은 둘레마저 가득해
좋다

* 월간『현대문학』에 처음 발표한 작품으로, 시집『싸락눈』에 실을 때 일부 시어를 수정하고 행갈이를 바꾸었다.

그 봄비

『현대시학』(1969. 11)

오는 봄비는 겨울내 묻혔던 김치독 자리에 모여 운다

오는 봄비는 헛간에 엮어단 시래기 자락에 모여 운다

하루를 섬섬히 버들잎 눈처럼 모여 서서 우는 봄비여

모스러진 돌절구 바닥에도 고여 넘치는 이 비천이여

* 월간 『현대시학』에 처음 발표한 작품으로, 시선집 『강아지풀』에 실을 때 1연의 "겨울내"를 "겨우내"로, 2연의 "자락"을 "줄"로, 3연의 "버들잎 눈"을 "버들눈"으로, 4연의 "비천"을 "비천함"으로 수정하였다.

들판

『현대문학』(1970. 1)

옛날, 노적가리 지붕 어스름 밤

가다가 기러기 발자국에도 놀래

노적가리 그 속에 숨어버렸다

그림자만 기우뚱 하늘로 날아

그때부터 들판에 갈림길이 생겼다.

* 월간 『현대문학』에 처음 발표한 작품으로, 시선집 『강아지풀』에 실을 때 전체를 한 행으로 바꾸고 일부 시어를 수정하였다.

小感

『현대시학』(1970. 4)

　한뺨데기 논밭이라 할 일도 없어, 홍부도 홍얼홍얼 문풍지 바르면 홍부
네 문턱은 햇살이 한말. 파랭이꽃 몇송이 아무렇게 따서 문고리 문살에 무
늬 놓으면 홍부네 몽당비 햇살이 열말.

　* 월간 『현대시학』에 처음 발표한 작품으로, 시선집 『강아지풀』에 실을 때 두 행으로
수정하였다.

親庭달

『현대시학』(1970. 4)

어머니 젊었을 때
눈썹 그리며 아끼던
白銅 족집게.

때까치 사뿐히 배추밭
내릴 때—

감 떨어지면
친정집 달 보러 갈거나
손거울.

담장錄

동아일보(1969. 11. 15)

梧桐꽃 우러르면 함부로 怒한 일 뉘우쳐 진다.
잊었던 무덤 생각 난다.

검정치마, 흰소매, 히사시까미, 젊어서 죽은 누이 생각도 난다.
梧桐꽃 우러르면 담장에 떠는 아슴한 낮.

발등에 지는 더디고 느린 遠雷.
　(註 히사시까미 = 開化期女人頭髮型)

* 동아일보에 처음 발표한 작품으로, 시선집 『강아지풀』에 실을 때 제목을 '담장'으로
바꾸고 전체를 한 연으로 만들었으며, 일부 시어를 수정하였다.

울안

『현대시학』(1970. 4)

살얼음이 낀 하늘가.

기왓골에 마른 풀.

놋대야의 진눈개비.

빨래줄에 스치는 새떼.

이웃집 아이 불러드리는 소리.

해지기 전, 일찍 불켠 울안.

* 월간 『현대시학』에 처음 발표한 작품으로, 시선집 『강아지풀』에 실을 때 1행, 4행과 구두점을 수정하고 마지막 행의 "일찍"을 삭제하였다.

稜線

『현대시학』(1970. 4)

산까치 들까치 나무가지 물고 날아드는 稜線

名節이면 흰옷 입은 이웃들이 오내리든 나루터.

모밀밭 木花밭에 흔들리고

억새풀 속에 출렁이듯

감빛 道袍 자락

푸른 칼집에 어려오듯

여러갈래 여러갈래로

포개오는 발 밑

稜線.

汽車를 타면
車窓으로
들어서는
上古의 얼굴을 지키는 稜線.

* 월간 『현대시학』에 처음 발표한 작품으로, 시선집 『강아지풀』에 실을 때 일부 시어
와 구절을 수정하였다.

空山

무덤들이 누웠네, 등성이에
달 있는 밤이면
곰방대 물고
무덤 속 드나들며
곰방대나 털고
머슴들은 여름에도
장작을 패고
무덤 속 드나들며
장작이나 지피고
할 일없이 모퉁이에도 누웠네.

* 공동시집인 『청와집』에 처음 발표한 작품으로, 목차와 달리 본문에는 제목이 '空'으로 표기되어 있는데 편집상의 탈자로 보인다. 이후 시선집 『강아지풀』에 실을 때 첫 행을 수정했고, 마지막 행을 수정하여 독립된 한 연으로 처리하였다.

公州에서

대전일보(1970. 8. 6)

노을 낀 牛市場 마당엔
비인 고리만 남아 있었다.
이른 제비떼 귀밑으로 빠져
木橋를 오내리는 좁은 거리.
버들잎은 모여 들자락을 쓸고.
그 고향인 文化院에서
任강빈은 詩畫展을 열고있었다.

公州에서

『현대시학』(1970. 11)

미나리 밭
건너
牛市場 마당
말뚝에
고리만
남아 있었다.

이른 제비떼
발밑으로
빠져
木橋를
오내리는
좁은 거리.
버들잎은
모여
들자락을
쓸고
그의 고향
文化院에서
任剛彬은
詩畵展을
열고 있었다.

* 대전일보에 처음 발표한 작품으로, 『현대시학』에 다시 발표하면서 내용을 수정했고, 시선집 『강아지풀』에 실을 때 다시 일부 시어를 수정하였다.

낮달

『현대시학』(1970. 11)

반쯤은 둔벙에 묻히인

菖蒲 잔뿌리 눈물 지네

맨드래미꽃판 총총 여물어

그늘만 길어 가네

처마밑 깻단을 털으시던

어머니 生時같이

오솔길에 낮달도 섰네.

* 월간 『현대시학』에 처음 발표한 작품으로, 시선집 『강아지풀』에 실을 때 1행의 "묻히인"을 "묻힌"으로, 2행의 "잔뿌리"를 "실뿌리"로, 5행의 "처마밑"을 "절구에"로 수정하였다.

下棺

『여성동아』(1970. 12)

볏가리 하나하나 걷힌
논두렁

남은 발자국에 딩구는
우렁 껍질.

수레바퀴로 끼는 살얼음
바닥에 지는 햇무리의
下棺.

線上에서 운다
마지막 기러기떼.

下棺

『청와집』(1971. 10)

볏가리 걷힌
논두렁
남은 발자국에
딩구는
우렁 껍질.
수레바퀴로 끼는 살얼음
바닥에 지는 햇무리의
下棺.
線上에서 운다.
첫 기러기떼.

* 월간『여성동아』에 처음 발표한 작품으로, 공동시집『청와집』에 실을 때 전체를 한 연의 형태로 바꾸고 1행의 "하나하나"를 삭제하고 마지막 행의 "마지막"을 "첫"으로 수정했으며, 시선집『강아지풀』에 실으면서 1행의 "하나하나"를 다시 살려 넣었다.

古都

『현대문학』(1971. 1)

물가에 진 눈먼 魂靈.

불티 물고
패랭이끈 물고

마른번개 치던
기왓골.

동아리져 춤춘다.
곤두박질 춤춘다.

들길에 진 눈먼 魂靈.

어두운 낮.

古都

『청와집』(1971. 10)

물가에 진 눈먼 魂靈.
불티 물고
파랭이 끈 물고

마른 번개치던
나룻터.
동아리져 춤춘다.
곤두박질 춤춘다.
들길에 진 눈먼 魂靈도
어두운 낮.

* 월간 『현대문학』에 처음 발표한 작품으로, 공동시집 『청와집』에 실을 때 전체를 한 연의 형태로 바꾸고 2연의 "패랭이"를 "파랭이"로, 3연의 "기왓골"을 "나룻터"로, 5연의 "魂靈"을 "魂靈도"로 수정했으며, 시선집 『강아지풀』에 실을 때 8행의 "들길에"를 "들가에"로 수정했다.

斜面

『월간문학』(1971. 2)

꼬이고 꼬인 藤나무 등걸.

깨진 고령토 花盆.

삿갓머리 씌운 배추움.

떠 받힌 빨랫줄.

紙鳶을 낚던 손.

빛 바랜 宿根草.

斜面마다 서릿발 내리면

이마 부비며

자욱히 피는 마을

貯水池의

물안개

비탈에 지던 落差.

落差

『충남문학』(1971. 5)

꼬이고 꼬인 藤나무 등걸.

깨진 고령토 花盆.

삿갓머리 씌운 배추움.

떠 받힌 빨랫줄.

紙鳶을 낚던 손.

빛 바랜 宿根草.

서릿발 내린 斜面.

복판에 이마 부비며 피는 마을 사람들.

貯水池의 물안개.

비탈에 지던 落差.

* 『월간문학』에 처음 발표한 작품으로, 『충남문학』(1971. 5)에 다시 실으면서 제목을
'落差'로 바꾸고 내용도 일부 수정하였으며, 같은 작품을 공동시집 『청와집』에 실었다.
시선집 『강아지풀』에 실으면서 5연의 "紙鳶을"을 "紙鳶"으로 수정하고 매 연의 마침
표를 모두 삭제하였다.

창포

『시문학』(1971. 1)

풀자리 빠빳한
旅舘집

문살의 모기장.

햇살을 날으는
아침 床머리
열무김치.

대얏물에
고이는
오디빛.

갈래머리
뒷모습의
꽃창포.

* 월간 『시문학』에 처음 발표한 작품으로, 시선집 『강아지풀』에 실을 때 4연의 "갈래
머리"를 "풀머리"로 수정하였다.

양귀비

『시문학』(1971. 1)

양귀비.
지우면 지울수록
할머니의 댓진 냄새.

온통 취한 듯
꽃밭의
아우성.
한 동네가 몰린다.
버들꽃은
개울물에 지고
도둑떼처럼 몰린다.

* 월간 『시문학』에 처음 발표한 작품으로, 시선집 『강아지풀』에 실을 때 제목을 '댓진'
으로 바꾸고 행갈이와 구두점을 수정하였다.

저문 山

조선일보(1971. 9. 14)

댕댕이 넝쿨, 가시덤불
헤치고 헤치면
그날의 나막신
쌓여 들어 있네
나비잔등에 앉은 보릿고개
작두로도 못 잘라
먼 삼십리
청솔가지 타고
아름 따던 고사리순

할머니의 나막신도
포개 있네
빗물 고여, 저문 山
묻혀 있네.

* 조선일보에 처음 발표한 작품으로, 시선집 『강아지풀』에 실을 때 제목을 '千의 山'으
로 바꾸고 일부 시어를 수정하였다.

西山

『월간문학』(1972. 1)

상칫단 씻는

아욱단 씻는

五里 안팎에 개구리 울음

보릿단 씹는

호밀단 씹는

日落 西山에 개구리 울음.

* 『월간문학』에 처음 발표한 작품으로, 시선집 『강아지풀』에 실을 때 일부 구절과 연 구분을 수정하였다.

聚落

『풀과 별』(1972. 8)

감나무밑 풋보
리 斜面에 딩
구는 물병 點
心 광주리 밭
매러간 고무신
둘레를 다지는
쑥국새 잦은목
반지름에 돋는
물집 썩은 뿌
리 뒤지면 흘
내리는 흰 개
미의 聚落 달
팽이 꽁무니에
묻히는 웅덩이

* 월간 『풀과 별』에 처음 발표한 작품으로, 시선집 『강아지풀』에 실을 때 일부 시어를 수정하였다.

耳鳴

『현대시학』(1972. 11)

호박잎 대궁
하늘타리 자락을
짓이기고
황소떼 몰린
물구나무 서는
洞口

(아삼한 哭聲)

아, 추수도 끝난
가을 한 철
저물녘
논배미,
물꼬에 뜬
우렁 껍질의
耳鳴.

* 월간『현대시학』에 처음 발표한 작품으로, 시선집『강아지풀』에 실을 때 제목을 '귀
울림'으로 바꾸었으며, 1연 1행의 "대궁"과 2행 "자락을"에서 "을"을 삭제하고 1연 5
행의 "물구나무 서는"을 "물구나무 선"으로 수정했으며, 마지막 행의 "耳鳴"을 "귀울
림"으로 수정하였다.

微吟

서울신문(1973. 1)

콩나물이나 키우라
콩나물이나 키우라

콩나물 시루에 물이나 주라
콩나물 시루에 물이나 주라

피리를 불라
속이 빈 골파.

겨울밤은 덧문을 걸고
겨울밤은 문풍지를 세우고.

* 서울신문에 처음 발표한 작품으로, 시선집 『강아지풀』에 실을 때 3연 1행의 "피리를 불라"를 "속이 빈 골파"로, 4연 1, 2행의 "겨울밤은"을 "겨울밤에는"으로 수정하였다.

샘가

『신동아』(1973. 2)

샘 바닥에

걸린 下弦

얼음을 뜨네
살얼음을 뜨네

동동 비치는 두부
콩나물

삼 십원어치 아침
銅錢 한닢의 出帆

―지느러미의 무게

구슷한 하루
아깃한 하루

쪽박으로
뜨네

* 월간 『신동아』에 처음 발표한 작품으로, 시선집 『강아지풀』에 실을 때 제목을 '샘터'
로 바꾸고 2연 2행의 "살얼음을 뜨네"를 "살얼음 속에"로, 3연의 "동동 비치는 두부"
를 "동동 비치는 두부며"로, 4연의 "한닢"을 "몇 닢"으로 수정하였다.

반 盞
—故 滋雲兄에게

『시문학』(1973. 2)

이제 만나질 時間없으니
어찌 헤어질 場所ㄴ들 있으랴.
十五年, 友情의
고리, 오히려 짧고나.
만나면 어깨부터 툭 치던
손,
마실수록 아쉬워하던 惜別의
盞,
우리들의 禮節은 어디로 갔느냐.
鍾路에서 찾으랴.
淸進洞에서 찾으랴.
南大門近處에서 찾으랴.
오가는 발자국 그 옛자리,
설레는 눈발 그 옛자리,
오늘은 널 위해 슬픈 盞을
던지누나.
쨍그렁 소리 저승바닥에
울리도록,
〈梅花〉가지로 몸을 가리고
〈靑瓷水甁〉만 안은 채
〈벌거숭이 바다〉에 숨어버린

사람,

가난한 나라의 一等 詩人아,

우리들의 禮節은 어디로 갔느냐.

반 盞만 비운 나머지

구름에 띄워보내랴.

* 월간 『시문학』에 처음 발표한 작품으로, 시선집 『강아지풀』에 실을 때 내용을 축약
하였다.

遮日

『현대시학』(1973. 6)

짓광목 遮日

설핏한 坐板의 햇살

멍석 깃 세우던 바람

사오백 坪

추녀 끝 잇던

人內

장터

징소리에

도르르 말리고

장닭꼬리로
말리고

山그림자 기대
앉은 사람들

황소 뿔 비낀 놀.

* 월간『현대시학』에 처음 발표한 작품으로, 시선집『강아지풀』에 실을 때 일부 내용
을 수정하였다.

불도둑

『월간중앙』(1973. 10)

하늘가에
내리는
황소떼를 보다.
내리는 내리는
몇 방울
핏물을 보다.
불도둑
胸壁에
울리는 채찍.

—산 者의 권리는 너무 많구나.

*『월간중앙』에 처음 발표한 작품으로, 시선집 『강아지풀』에 실을 때 연 구분과 일부
내용을 수정하였다.

軟柿

『현대문학』(1973. 8)

여름 한낮

비름잎에

꽂힌 땡볕이

이웃마을

돌담 위

軟柿로 익었나니.

한쪽 볼

서리에 묻고

깊은 잠 자다

눈 오는, 어느 날

깨어나

祭床머리

심지 머금은

종발로 빛나리.

* 월간 『현대문학』에 처음 발표한 작품으로, 시선집 『강아지풀』에 실을 때 6연의 "익었나니"를 "익다"로, 12연의 "祭床머리"를 "祭床아래"로, 마지막 연의 "빛나리"를 "빛나다"로 수정하였다.

幻

『현대문학』(1973. 8)

보리 깜부기

점점이

익는

갈기머리

늙은

등성

까치집 하나,

아스라이 둘

우르러

흰 수염이

불어예는

풀피리 끝

幻이

풀리는 쌍무지개,

딩구는 상무 상무, 잿불 꼬리 감기는 열두 발 상무

가난이 푸르게

눈자위마다

몰리는

상둣군 鐃鈴.

* 월간 『현대문학』에 처음 발표한 작품으로, 시선집 『강아지풀』에 실을 때 제목을 '鐃鈴'으로 바꾸고 연 구분의 여백과 일부 시어를 수정하였다.

錦江上流

『월간문학』(1972. 11)

①
검불 연기
고즈넉이 감도는
벌레 먹은 두리기둥.

자락자락 소금 뿌리던

다락에도 뿌리던
錦江上流의
옛 처녀들

②
〈노낙 閣氏
소꺼 千里〉
외우며 외우다
모기 달라
붙는 눈썹으로
나오네, 나오네

③
갓 날개
돋힌 제비
추녀와
저녁담을
잇고.

* 『월간문학』에 처음 발표한 작품으로, 시선집 『강아지풀』에 실을 때 제목을 '나부끼네'로 바꾸고 내용을 축약, 수정하였다.

울할매

동아일보(1973. 7. 21)

손톱 발톱
하나만
깎고
연지 곤지
하나만
찍고
할매 할매
안개 같은
울할매
보리 잠자리
밀 잠자리 날개
옷 입고
풀대궁에
말려
늪가에
앉은
꽃의
그림자
같은 메꽃.

* 동아일보에 처음 발표한 작품으로, 시선집 『강아지풀』에 실을 때 제목을 '할매'로 바
꾸고 7행의 "할매 할매"를 "할매"로, 13행의 "풀대궁에"를 "풀줄기에"로 수정하였다.

自畫像 2

조선일보(1973. 5. 29)

한오라기 지풀일레,

아이들이 놀다 간
모래城
무덤을
쓰을고 쓰는
江둑의 버들꽃,
버들꽃 사이
누비는
햇제비
입에 문
한오라기 지풀일레,
새알 속,
흙으로 빚은
경단에 묻은
지풀일레
窓을 내린
下行列車
곳간에 실린
한 마리 눈(雪)속 羊일레.

밤

『현대시학』(1974. 6)

비가 오고 있다.
안개 속에서
가고 있다.
무엇이?
하루살이
비, 안개, 하루살이는
뒤범벅되어
이내가 되어
덫이 되어
(며칠 째)
나의 木양말은
젖고 있다.

* 월간 『현대시학』에 처음 발표한 작품으로, 시선집 『강아지풀』에 실을 때 제목을 '雨
中行'으로 바꾸고 연 구분을 했으며, 4행과 5행의 "무엇이?/하루살이"를 삭제하고 6
행의 "하루살이는"을 "하루살이가"로, 11행의 "나의"를 "내"로 수정하였다.

솔개 그림자

『심상』(1974. 9)

환한 거울 속에도
아침床에도
얼굴은 없다
노오란 해바라기
꽃 너머
저 불붙는 보랏빛
엉겅퀴, 꽃
너머
내 얼굴은
日常의
얼굴 밖에서
바람 부는 位置
솔개 그림자로
들판에 너울거린다.

* 월간 『심상』에 처음 발표한 작품으로, 시선집 『강아지풀』에 실을 때 4행의 "해바라기"를 "칸나"로, 12행의 "位置"를 "자리"로 수정하였다.

點描

싸리울 밖 지는 해가 올올이 풀리고 있었다.
보리 타작 끝마당
허드렛군이 모여
허드렛불을 지르고 있었다.
푸슷푸슷 튀는 연기 속에
지는 해가 二重으로 풀리고 있었다.
허드레,
허드레로 우는 뻐꾸기 소리
징소리
도리깨 꼭지에 지는 해가 또 하나 올올이 풀리고 있었다.

*『월간문학』에 처음 발표한 작품으로, 시선집 『강아지풀』에 실을 때 2행의 "보리 타작"을 "보리 바심"으로 수정하였다.

건들 장마

『현대문학』(1977. 1)

건들 장마 해거름, 갈잎 버들붕어 꾸러미 들고 원두막 처마밑 잠시 섰는 아이, 함초롬 젖어 말아올린 베잠방이 알종아리 총총 걸음 건들 장마, 상치 상치 꽃대궁, 白髮의 꽃대궁, 아욱 아욱 꽃대궁, 白髮의 꽃대궁, 바자울 세우고 외넝쿨 걷우고.

* 월간 『현대문학』에 처음 발표한 작품으로, 시집 『백발의 꽃대궁』에 실을 때 "바자울 세우고" 앞에 "고향 사람들"을 추가하고 쉼표를 모두 삭제하였다.

白夜

『문학과지성』(1975 여름)

새여 마스로바의 새여
새벽, 文章에서 풀리는 새여
너는 알電燈에 그을렸구나
무지개빛 햇살은 걸리지 않았고

마스로바의 새여
다시는 郵便函에 갇히지 말라.

* 계간 『문학과지성』에 처음 발표한 작품으로, 시집 『백발의 꽃대궁』에 실을 때 제목을 '郵便函'으로 바꾸고 일부 구절과 구두점을 수정하였다.

사르비아

『시문학』(1975. 11)

가을에 피는 꽃
이 겨울에도 핀다
할매가 지피고 돌

이가 지피고 노을

이 지피는 쇠죽가

마 아궁이 아궁이

불 시새우는 불티

같은 사랑 사랑사

겨울에 피는 가을

사르비아!

* 월간 『시문학』에 처음 발표한 작품으로, 시집 『백발의 꽃대궁』에 실을 때 제목을 '불티'로 바꾸고 2행의 "이"를 삭제하였다.

九節草

『주간조선』(1976)

누이야 가을이 오는 길목 구절초 매디매디 나부끼는 사랑아

내 고장 부소산 기슭에 지천으로 피는 사랑아

뿌리를 대려서 약으로도 먹던 기억

여학생이 부르면 마아가레트

여름모자 차양에 숨었는 꽃

단추구멍에 달아도 머리핀 대신 꽂아도 좋을 사랑아

여우가 우는 秋分 도깨비불이 스러진 자리에 피는 사랑아

누이야 가을이 오는 길목 매디매디 눈물자욱 낀 사랑아

제비꽃

『현대시학』(1976. 4)

부리가 바알간 장속의 새는 동이 트면 환상의 베틀에 올라 金絲, 銀絲
올올이 비단올만 뽑아냈지요, 오묘한 오묘한 가락으로.

하루는 난데없이 잉앗대는 동강, 부채살 잉앗줄에 튕겨 흩어지는 흩어
지는 羽毛, 천길 벼랑에 떨어지고 영롱한 달빛도 다시 횃대에 걸리지 않았
지요.

이상한 달밤의 생쥐, 허청바닥 찍찍, 찍 담벼락도 긋더니 포도나무 그늘
로 치닫더니 자주 비누쪽도 없어지더니.
아, 오늘은 대나무살 새장이 걷힌 자리에 흰 제비꽃이 놓였읍니다.

* 월간 『현대시학』에 처음 발표한 작품으로, 시집 『백발의 꽃대궁』에 실을 때 일부 시
어의 순서를 바꾸고 수정, 삭제하였다.

月暈

『문학사상』(1976. 3)

첩첩 山中에도 없는 마을이 여긴 있읍니다. 잎 진 사잇길, 저 모래둑, 그 너머 江기슭에서도 보이진 않읍니다. 허방다리 들어내면 보이는 마을.

坑속 같은 마을. 꼴각, 해가, 노루꼬리 해가 지면 집집마다 봉당에 불을 켜지요. 콩깍지, 콩깍지 처럼 후미진 외딴 집, 외딴 집에서도 불빛은 앉아 이슥토록 창문은 木瓜빛입니다.

기인 밤입니다. 외딴 집 老人은 홀로 잠이 깨어 출출한 나머지 무우를 깎기도 하고 고구마를 깎다, 문득 바람도 없는데 시나브로 풀려 풀려내리는 짚단, 짚오라기의 설레임을 듣습니다. 귀를 모으고 듣지요. 후루룩 후루룩 처마깃에 나래 묻는 이름 모를 새, 새들의 溫氣를 생각합니다. 숨을 죽이고 생각하지요.

참 오래오래, 老人의 자리맡에 바튼 기침소리도 없을 양이면 벽속에서 겨울 귀뚜라미는 울지요. 떼를 지어 웁니다, 벽이 무너지라고 웁니다.

어느덧 밖에는 눈발이래도 치는지, 펄펄 함박눈이래도 흩날리는지, 창 호지 문살에 돈는 月暈.

---

* 월간『문학사상』에 처음 발표한 작품으로, 시집『백발의 꽃대궁』에 실을 때 2행의 "외딴집에서도"를 "외딴집에도"로, 마지막 행의 "눈발이래도" "함박눈이래도"를 "눈발이라도" "함박눈이라도"로 수정하였다.

暮色

서울신문(1976)

반짇고리 실타래

풀리듯

얼레빗 참빗에

철이른 봄비

연사흘 와서

찰랑찰랑 외나무다리

부풀은 물살

발목을 벗고도

건널 수 없어

거슬러

거슬러 올라가면

저녁 까마귀, 까옥.

* 서울신문에 처음 발표한 작품으로, 시집 『백발의 꽃대궁』에 실을 때 제목을 '얼레빗
참빗'으로 바꾸고 8행의 "발목을"을 "발목"으로 수정하였다.

木蓮抄

『현대문학』(1976. 7)

솟구치고 솟구치는 그넷줄의 玉洋木빛이랴

송이송이 무엇을 마냥 갈구하는 素服의 山念佛이랴

꿈속의 꿈인양 엇갈리고 엇갈리는 백년의 사랑

쑥물 이끼 데불고 구름도 함께

조아리고 머리 조아리고 살더이다

흙비 가리운

들에 언덕에

* 월간『현대문학』에 처음 발표한 작품으로, 시집『백발의 꽃대궁』에 실을 때 제목을 '木蓮'으로 바꾸고 일부 시어를 수정, 삭제하였다.

콩밭머리

『한국문학』(1976. 6)

콩밭머리 철길 따라
호남선 舊道 가노라면
상수리 숲 山빛에
맷방석만한 空地는 있어
어매야 후질그레

흙벽돌 쌓고
까치는 맨발
주춧돌 찍고
그 집 다 되었을까
휘익 참새 내리는 지붕
마파람 불어 생각나는 거
문득 문득 생각나는 거

* 월간『한국문학』에 처음 발표한 작품으로, 시집『백발의 꽃대궁』에 실을 5행의 "어
매야"를 "어매"로 수정하였다.

群山港

선창에 기댄 뾰족지붕의 은행, 그 정문을 돌아 舊 도립병원 뒷길을 더듬
으면 해구로 슬리는 돌담, 돌틈에 회상깃는 30년대의 米豆

오늘, 내 不時 나그네되어 빈 손 찌르고 망대에 올라 멀리 갈매기 행방
을 좇으면 곶(岬)은 구비치는 탁류, 蔡萬植

錦江을 거슬러 만국기 단 똑딱선 타고 처음 보던 수평선, 바다를 넘던
욕망, 소금기 뿐인 群山港

저무는 대안의 제련소 연기 없는 굴뚝, 빛 바랜 필름의 黑白

* 월간『심상』에 처음 발표한 작품으로, 시집『백발의 꽃대궁』에 실을 때 1연의 "은행"
과 "해구"를 한자 표기로 바꾸었다.

종소리

『호서문학』 5집(1976. 4)

어머니 어머니하고
외어 본다
이 가을
아버지 아버지하고
외어 보네
이 가을
오십도 少年
비치는 고향
구비치는 물머리
맴도는 버들잎
蒸을 들고
어스름에 스러지누나

자다, 깨다,

으로 바꾸고 일부 내용을 수정했다.

流寓

『현대시학』(1977. 10)

강아지 밥을 주고나니 머리 위 반딧불 떴어라. 柴扉를 닫고 멍석 머리 모깃불 놓으면 또 깜박 깜박 반딧불 초롱

* 월간『현대시학』에 처음 발표한 작품으로, 시집『백발의 꽃대궁』에 실을 때 "밥을"
을 "밥"으로, "柴扉를 닫고"를 "柴扉 닫고"로, "또 깜박 깜박 반딧불 초롱"을 "깜박 깜
박 저만큼 또 반딧불 초롱."으로 수정했으며,『현대문학』(1978. 2)에 발표한 같은 제
목의 작품과 구별해 제목을 '流寓 1'로 수정하였다.

風磬

『한국문학』(1977. 5)

오오, 미지의 사람아.

山寺의 골담초 숲의 동박새가 날더러 까까중, 까까중이 되라고 한다. 갓 난 아기의 배내짓을 배우라 한다. 겨울 베짱이, 베짱이처럼 철이 덜 들었 다 한다. 白頭 오십에 철이란 대체 무엇이랴. 저 파초잎에 후둑이는 빗방 울, 달개비에 맺히는 이슬, 아니면 개밥별, 초저녁에 뜨는 개밥별 같은 것

이라.

　山寺의 골담초 숲의 동박새가 날더러 발돋움, 발돋움하라고 한다. 얼마
큼이면 저, 저 백년 이끼긴 搭身 너머 風磬에 닿으랴, 닿으랴.

　오오, 미지의 사람아.

* 월간『한국문학』에 처음 발표한 작품으로, 시집『백발의 꽃대궁』에 실을 때 첫 연과
마지막 연의 "오오, 미지의 사람아"를 삭제하고 일부 시어와 구절을 수정하였다.

童謠風

『문학사상』(1977. 11)

민들레

　흐르는 물가 민들레꽃
　한 손을 들어도 다섯 손가락
　두 손을 들어도 다섯 손가락

　나비

　나비야
　우리아가 종종머리 댕기꼬리
　나비야

우리아가 바둑머리 댕기꼬리

가을

아빤 왼종일 말이 없다
풀벌레 울어도
과꽃이 펴도
가을에 아빤 말이 없다

원두막

어디서 날아왔나
보리 잠자리 하나
바람도 없는데
원두막 삿갓머리
물구나무 선다

낮잠에 취한
원두막 少年
꿈속에서
물구나무 섰다

나뭇잎

달밤에 나뭇잎이 떨어졌지요

이 대문을 똑똑

저 대문을 똑똑

달밤에 나뭇잎은 밤이 깊어서

아무도 문을 여는 집이 없어서

저 대문을 똑똑

이 대문을 똑똑

* 월간 『문학사상』에 처음 발표한 작품으로, 시집 『백발의 꽃대궁』에 실을 때 「민들레」의 "민들레꽃"을 "민들레"로, "한 손을" "두 손을"을 "한 손" "두 손"으로 수정했고, 「원두막」과 「나뭇잎」은 내용을 대폭 수정하였다.

길

『심상』(1977. 12)

미류나무 미류나무는 키대로 서서 먼 들녘을 바라보고 있다. 그 밑을 슬픈 칼레의 시민들이 오늘도 무거운 그림자 끌며 끝없이 가고 있다. 눈물이 바위 될 때까지 가리라, 하마 그렇게.

(빗물받이 홈통에 오던 참새)

낯 모르는 참새랑 나귀 데불고.

* 월간 『심상』에 처음 발표한 작품으로, 시집 『백발의 꽃대궁』에 실을 때 제목을 '나귀 데불고'로 바꾸었으며, 시어를 수정, 삭제하였다.

象牙빛 채찍

『신동아』(1977. 9)

밖은 억수같은 장대비
빗속에서 누군가 날
목놓아 부르는 소리에
한쪽 신발을 찾다 찾다가
심야의 늪
목까지 빠져
허우적 허우적이다가
지푸라기 한올 들고
꿈을 깨다 깨다
상기도 밖은
장대같은 억수비
귓전에 맴도는
목놓은 소리
오오 이런 시간에 난
우, 우니라
象牙빛 채찍

* 월간 『신동아』에 처음 발표한 작품으로, 시집 『백발의 꽃대궁』에 실을 때 제목을 '장대비'로 바꾸었으며, 4행의 "찾다가"를 "찾다"로, 7행의 "허우적이다가"를 "허우적이다"로, 10행의 "상기도"를 "尙今도"로 수정하였다.

노랑나비 한 마리 보았습니다 木月선생님 山으로 가시던날

『심상』(1978. 5)

꽃이 피겠죠
할미꽃도
龍仁 골짝
선생님도
굽어 보시겠죠

선생님이 山으로 가시던 날
저도 선생님의 뒤를 따라
먼 발치에서 山길을
가고 있었읍니다
삶과 죽음의 엄숙함을
되삭이며 되삭이며
슬픔일랑 겨드랑이에 묻고
默默히 따라가고 있었읍니다

木月선생님
이 나라의 박꽃을
가장 사랑하시던
박꽃이듯
(흰 옷자락 아슴아슴
짧은 저녁답을)
말없이 울고가신 木月선생님

어처구니 없는 슬픔일랑
겨드랑이에 묻고
바보인양 山길을 가다가
문득 저는 보았읍니다
한 마리 노랑나비를 보았읍니다.
殘雪의 餘韻도
채 가시지 않은
아직은 추운 삼월의 山中인데
어디서 날아왔나
철 이른 노랑나비 한 마리가
정말 우연히 뜻밖에도
空中에서 수직을 긋고 있읍니다
화등잔만한 저의 눈은
어디까지나
나비의 向方을 쫓았지요

木月선생님
선생님 아름다운 詩의 마음이
선생님의 아름다운 塊이
어느 사이 한 마리 노랑나비로
저렇게 空中에서
분주히 垂直을 긋고 있는 것일까요

木月선생님

선생님
정말이지 그날의
노랑나비 한 마리는
무슨 奇蹟이었을까요
아니면 선생님에 대한
自然의
恭敬의 몸짓이었을까요

木月선생님
선생님
이 나라의 박꽃을 가장 사랑하시던
박꽃이듯
(흰 옷자락 아슴아슴
짧은 저녁답을)
말없이 울다가신 木月선생님

선생님을 뵈온 지
어언 三十여星霜
나무이면
차라리 그늘을 드리울만큼의
나무일 터인데
아직도 蓬頭亂髮
이 모양 이 꼴이고 보니
정작 永訣式場에서는
온몸이

은사시나무 떨리듯 떨려와서
선생님 앞에
삼가 獻花조차도
못한 저 올시다

木月선생님
선생님
선생님이 山으로 가시던 날
저는 밤 湖南線
막車를 타고 내려왔읍니다
썰렁하기 그지없는
驛舍에 내리니
슬픔의 餘分인양
자욱히 보슬비는 오시고 있더군요

木月선생님
선생님
선생님을 기리고 선생님을 아쉬워하는
사람이 어찌 저 혼자뿐이겠읍니까만
저는 몇 날을 두고
아무것도
손에 잡히지 않아서요
몸만 떨고 있읍니다

삼가 永訣式場에서는

獻花조차도 못한
저이지만
선생님 木月선생님
젊은 날의
저의 道標이셨던
젊은 날의
저의 純潔이셨던
木月선생님 선생님
오늘은 貧者의 한 燈이듯
어줍잖은
한 편의 詩를
선생님의 冥福을 빌면서 올립니다
선생님 木月선생님

                              *

獻詩

울먹울먹 모래알은
부숴지기도 한다
부숴진 모래알은
눈물인양 짜다
눈물인양 짠
모래알로 빚은
선생님 해時計에

삼가 꽂는 한 송이 百合

一九七八年 四月 六日

* 월간 『심상』에 처음 발표한 작품으로, 이 작품의 '헌시'만을 따로 떼어내 '해시계—
木月선생 묘소에'라는 제목으로 시집 『백발의 꽃대궁』에 실으면서 7행의 "선생님"을
"당신의"로 수정하였다.

點描

『주부생활』(1978. 6)

어디선가 날아 온
장끼 한 마리
토방의
월월이와
일순 눈맞춤하다가
소스라쳐
서로 보이잖은
줄을 당기다
팽팽히 팽팽히 당기다가
널을 뛰듯 널 뛰듯
제자리 솟다가
그만 모르는 얼굴끼리
시무룩해
장끼는 저만큼

능선을 타고
남은 월월이
다시 사금을 줍는
꿈을 꾸다
폐광이 올려다 보이는
외딴 주막

* 월간 『주부생활』에 처음 발표한 작품으로, 시집 『백발의 꽃대궁』에 실을 때 제목을 '廢鑛近處'로 바꾸었으며, 전체를 한 행의 형태로 바꾸고 일부 시어를 수정하였다.

매미

『문학사상』(1978. 8)

어디선가
原木 켜는 소리

夕陽에
原木 켜는 소리
같은
참매미 울음
오동나무
잎새에나
스몄는가

골마루
끝에나
스몄는가
누님의
반짇고리
골무만한
참매미

* 월간『문학사상』에 처음 발표한 작품으로, 시집『백발의 꽃대궁』에 실을 때 제목을 '참매미'로 바꾸고 2연 4행의 "울음"을 삭제했다.

曲 5篇

『문학과지성』(1978 가을)

여우비

오락가락
여우비
박쥐우산
주막집에
맡기고
비틀걸음
비
틀

걸

음

삼십리

또 몇 리

쪽도리꽃

보고지고

쪽도리꽃

보고지고

허수아비

난

彩雲山

민둥산

돌담 아래

손 짚고

섰는

성황당

허수아비

댕기 풀이

허수아비

난

대추랑

빗물 고여
납작한
꽃신 한 켤레
뉘네집
뒷문
빗장 걸린
울안
울안을
돌면
거기
구석지
빗물 고여
질그릇
쪽이랑
꽃신 한 켤레
설핏한
어둠
혼자
울던 아이
지, 지난해
늙은 대추
한 알이랑
꽃신

한 켤레

黃山메기

밀물에
슬리고

썰물에
뜨는

하염없는 갯벌

살더라, 살더라

사알짝 흙에 덮여

목이 메는 白江下流

노을 밴 黃山메기

애꾸눈이 메기는 살더라,

살더라

어스름

대싸리

소곳한

어스름

김장 때

샘가

알타리무우

배추 꼬리

씻는

할매야

나래 접은

저녁새

한 마리

버드나무

실가지에

저녁새

한 마리

* 계간 『문학과지성』에 처음 발표한 작품으로, 시집 『백발의 꽃대궁』에 실을 때 「허수아비」의 제목을 '마을'로 바꾸었고, 「황산메기」와 「어스름」의 연 구분을 수정하였다.

白露

『월간문학』(1978. 12)

스치는 한 점 바람에도 갈피없이 설레는 은버들. 몇잎을 뚝 따서 물에 떠우면 언제나 고향은 돌담에 달무리. 콩꽃에 맺히는 콩꼬투리랑 절로 벙그는 목화 다래. 아아 잔물결, 잔물결치듯 속절없이 설레는 강가에 은버들.

*

아우야, 휘청휘청 西녘 바람 따르면 상수리 숲 상수리 아람 불까.

아우야, 휘청휘청 東녘 바람 따르면 밤나무 숲 밤송이 아람 불까.

비치는 쌈짓골, 비치는 비녀山. 아침 이슬 털면 아람 불까, 아롱다롱 가을에 아우야.

*

白鷺에 시린 귀뚜라미 정강이.

*『월간문학』에 처음 발표한 작품으로, 시집 『백발의 꽃대궁』에 실을 때 제목을 '은버들 몇 잎'으로 바꾸고 일부 시어와 구두점을 수정, 삭제하였다.

翰

『현대시학』(1978. 12)

어깨 나란히 산길을 가다가 문득 바위 틈에 물든 珊瑚 단풍을 보고 너는 우정이라 했어라. 어느덧 우정의 잎은 지고 모조리 지고 이제 희끗희끗 山門에 솔가린 양 날리는 눈발, 넌 또 뭐라 할 것인가? 저 흩날리는 눈발을 두곤, 나 또한.

* 월간 『현대시학』에 처음 발표한 작품으로, 시집 『백발의 꽃대궁』에 실을 때 제목을 '山門에서—洪禧杓에게'로 바꾸었으며, "산길을"을 "산길"로, "단풍을"을 "단풍"으로, "잎은"을 "잎"으로 수정하고 "이제"와 "두곤"을 삭제하였다.

圖畫

『심상』(1978.12)

국민학교 일학년
城이 그림을 보면
사람들은 모두
따에 누워 있읍니다.

햇님을 바라
나무도
뉘여 있읍니다.

하늘 나는 새,
하늘 나는 새도
따에 나르고

* 월간 『심상』에 처음 발표한 작품으로, 시집 『백발의 꽃대궁』에 실을 때 제목을 '城이 그림'으로 바꾸고 1, 2연의 "있읍니다"를 "있다"로 수정하였다.

미닫이에 얼비쳐

『심상』(1978. 12)

호두를 깨자
눈오는 날에는

눈발은 사근사근
옛말을 하는데

눈발은 새록새록
옛말 하자는데

구구새모양 구구샌양
미닫이에 얼비쳐

창호지 안에서
호두를 깨자

　호두는 오릿고개
　싸릿골 호두

* 월간 『심상』에 처음 발표한 작품으로, 시집 『백발의 꽃대궁』에 실을 때 일부 조사를 삭제하고 4연의 "구구새모양 구구샌양"을 "구구샌양 구구새모양"으로 수정하였다.

홍시(紅柿)가 있는 풍경

『학원』(1979. 11)

바람 부는 새때,
아침 10시서 11시 사이.

가랑잎 몰리듯 몰려드는
골목안 참새, 우리집 참새.
갸웃갸웃 쪽문을 기웃대다가
쫑쫑이 집 쫑쫑이가
흘린 밥알 쪼으다가
지레 놀래, 후룻후룻
가지를 타고 꼭지달린
홍시(紅柿)에 재잘거린다.
추녀에 물든 노을,
용고새 용마름엔
누가 사아나.
도담에 물든 노을,
용마름 용고새엔
누가 사아나.
물방울 튕기듯 재잘거린다.
바람이 부는 새때,
낮 3시서 4시.

* '쫑쫑이'는 개이름

* 월간 『학원』에 처음 발표한 작품으로, 시집 『백발의 꽃대궁』에 실을 때 제목을 '紅柿
있는 골목'으로 바꾸었으며, 연 구분을 하고 일부 시어와 구절을 삭제, 수정하였다.

事緣

묻지 말자
옷소매에
스치는
스산한 바람의
향방을
엉거주춤 추녀 밑에
잠시 머무는
황혼의
거처를

묻지 말자, 묻지 말자
눈오는 새벽
지우고 지우는
事緣
살빠진 참빗에
굽이굽이
먼 사람의
안위를
(오늘은, 오늘은)

* 월간『여성중앙』에 처음 발표한 작품으로, 시집『백발의 꽃대궁』에 실을 때 제목을
'오늘은'으로 바꾸었으며, 일부 시어와 행갈이를 수정하였다.

수정 전 판본   353

面壁

『한국문학』(1979. 3)

꼭지 달린 木瓜
랑
잦은 진눈깨비
랑
茶를
드노니

─雀舌茶

金山寺
종소리
일곱 번 마른 손질
갔다니

신문지 行間 시려운
아침

面壁하고
드노니
먼 산 그리메
어려라

잦은 진눈깨비
랑
꼭지 달린 木瓜
랑

* 월간 『한국문학』에 처음 발표한 작품으로, 시집 『백발의 꽃대궁』에 실을 때 제목을 '面壁 2'로 바꾸고 연 구분과 일부 내용을 수정하였다.

忍冬

『신동아』(1979. 4)

二月에
김칫독 터진다는
말씀
떠 올라라.
묵은 미나리꽝
푸르름이 돌아
어디선가
종다리
우질듯 하더니
영동할매 늦추위
옹배기 물
포개 얼리니

번지르르 春信
올동 말동.

* 월간『신동아』에 처음 발표한 작품으로, 시집『백발의 꽃대궁』에 실을 때 제목을 '영
등할매'로 바꾸었으며, 시 구절의 배치를 수정하고 10행의 "영동할매"를 "영등할매"
로 수정하고 일부 조사를 삭제하였다.

雁信

『현대시학』(1979. 4)

하루에도 몇 번 무릎 세우겠구나, 먼 기적 소리에. 네가 띄운 사연, 行間
의 장미는 웃고 있다만. 그리던 방학에도 내려오지 못하는 딸아. 너는 일
하는 겨울 베짱이, 풀빛 베짱이. 오, 이건 쫌쫌 네가 가을볕에 짜준 쥐색帽.
一室內帽로 감싸는 아빠의 齒痛. 오, 또 이건 닿을 데 없는 애틋한 아빠의
子正의 獨白. 딸아, 네가 띄운 사연, 行間의 장미는 웃고 있다만. 내일도 몇
번 무릎세우겠구나, 동생들 얼굴 二重으로 겹쳐.

* 월간『현대시학』에 처음 발표한 작품을 시집『백발의 꽃대궁』에 실을 때 제목을 '行
間의 장미'로 바꾸고 일부 시어와 구절을 수정했으며, 마지막 대목의 "내일도 몇 번 무
릎세우겠구나. 동생들 얼굴 二重으로 겹쳐"를 삭제하였다.

木枕을 돋우면

『월간문학』(1979. 7)

구구구 비둘기는

이제 밤마다

울지 않는다.

자다 깨다

木枕을 돋우면

마른 손

복사뼈에

달빛은

草間에 살으란다

살으란다.

---

*『월간문학』에 처음 발표한 작품으로, 시집 『백발의 꽃대궁』에 실을 때 제목을 `木枕

돈우면'으로 바꾸고 "구구구"를 "구구"로, "木枕을"을 "木枕"으로, "달빛은"을 "달빛스며"로 수정하고, 전체를 한 연의 형태로 바꾸었다.

액자 없는 그림

『문예중앙』(1979 겨울)

능금이
떨어지는
당신의
地平

아리는
氣流
타고
수수이랑
까마귀떼
날며
울어라

소용돌이
치는
두 개의
太陽.

* 계간『문예중앙』에 처음 발표한 작품으로, 시집『백발의 꽃대궁』에 실을 때 전체를 한 연의 형태로 바꾸고 3연의 "소용돌이/치는"을 "물매미/돌듯"으로 수정하였다.

짝짝이

『세대』(1979. 9)

밤바람은 씨잉 씽
밤바람이 씽씽

　잃은 장갑 열 켤레
　구두 열 켤레

　어쩌면 글보다 먼저
　독한 술을 배워

　잃은 구두 열 켤레
　장갑 열 켤레

　짝짝이 손이여
　발이여

　열켤레 장갑은 어디
　구두는 어디

밤바람이 씽씽
밤바람은 씨잉 씽

달밤

『여성중앙』(1979. 10)

상치꽃은
상치 대궁만큼 웃네.

아욱꽃은
아욱 대궁만큼

잔 한잔 비우고
잔 비우고

배꼽
내놓고 웃네.

이끼 낀
돌담

아 이즈러진 달이
실낱 같다는

시인의 이름을
잊었네.

* 월간 『여성중앙』에 처음 발표한 작품으로, 시집 『백발의 꽃대궁』에 실을 때 제목을
'상치꽃 아욱꽃'으로 바꾸고 마지막 연의 "이름을"을 "이름"으로 수정하였다.

소리
　—新年頌

서울신문(1979. 1. 1)

둥 둥둥 울려라 출범의 북소리 울려라
지잉 징 울려라 출범의 징소리 울려라

까치가 우짖어 새해는 아니지만
까치가 우짖어 새해 새아침

옥양목 대님을 치고
옥양목 대님을 치고
꼭두서니 먼동을 바라면

꼭두서니 먼동을 바라면
안개를 가르고 겹겹 안개를 가르고
구름을 헤치고 겹겹 구름을 헤치고
눈먼 사람을 눈뜨게 하는
귀먹은 사람을 귀밝게 하는
그대, 은자(隱者)의 정기 어린
겨레의 얼, 청년의 맥박으로
둥 둥둥 울려라 출범의 북소리 울려라
지잉 징 울려라 출범의 징소리 울려라

낙락장송 드리운 동해 바다에 울려라
망망대해 너울대는 천파만파에 울려라

한송이 꽃을 위해 정의를
한마리 양을 위해 자유를
평화 위해, 영원 위해

밟아도 밟아도 소생하는 민들레의 의지로
휘여도 휘여도 꺾이잖는 버들개지의 의지로
오, 그대
일월의 연자매!
유구한 인고의 산하여
인고의 의지로
이끼 낀 바위에 돌꽃이 피듯이
오뉴월 하늘에 서릿발 내리듯이

저, 관촉사 문살의 연화무늬 듯이
그윽히 아름다운 아름다운 슬기로
둥 둥둥 울려라 출범의 북소리 울려라
지잉 징 울려라 출범의 징소리 울려라

까치가 우짖어 새해는 아니지만
까치가 우짖어 새해 새 아침

나무도 박달나무는 북채가 되어
나무도 박달나무는 징채가 되어.

* 서울신문에 처음 발표한 작품으로, 시집 『백발의 꽃대궁』에 실을 때 연 구분을 수정하였다.

뺏기

『시문학』(1974. 1)

제기를 차다

땅 뺏기 하다

올망졸망

공깃돌 버리고

몰려간

국민학교

시골 운동장

日沒에

자지러지는

미루나무 꼭대기

때까치

下學 종소리.

* 월간 『시문학』에 발표한 작품으로, 시인이 소장한 문예지에 친필로 "때까치" 뒤에 "자리뺏기"라는 구절을 추가하였다.

晚鐘

『월간문학』(1977. 2)

가을은 어린 나무에도 단풍 들어
뜰에 山查子 우연듯 붉은데
벗이여 남실남실 넘치는 술
邂逅도 別離도 더불어 멀어졌는데
종이, 종이 울린다 시이소처럼

* 『월간문학』에 발표한 작품으로, 시인이 소장한 문예지에 친필로 제목을 '잔'으로 바꾸고 3행의 "술"을 "잔"으로 수정하였다.

論山을 지나며

『월간문학』(1977. 2)

겨울 農夫의 가슴을 설레고 설레게 하는 論山 산업사 정미소 안뜰의 山더미 같은 왕겨여, 김이 모락모락 피는 아침 왕겨여.
  (보기만 해도 배 불러라.)

* 『월간문학』에 발표한 작품으로, 시인이 소장한 문예지에 친필로 "아침 왕겨여" 다음에 "지나는 나그네"를 추가하고 "(보기만 해도 배불러라.)"의 괄호를 삭제했다.

바람 속

『세대』(1977. 3)

콩을 주마
콩을 주마
맨땅의 비둘기야
너도
사는 것이 문제려냐
구구구 비둘기야
이건 어느 무명 시인의 詩
무명 시인의 詩를
되새기고 새기는
오늘
난
바람 속 노새

* 월간 『세대』에 발표한 작품으로, 시인이 소장한 문예지에 친필로 7~9행을 수정하
였다.

薄明記

『현대시학』(1977. 4)

박 박꽃만 피는 朴 마을

학이 된 百結선생
박명에 거문곳줄 고르다
첫 튕기어
후릇후릇 밭머리 흩어지는
참새떼 불러
일순, 파르라니 떨리는
메뚜기 나래짓으로
印塘水 가는 청이 청이
소리 더듬으면
박 박꽃만 피는 朴 마을
눈발 치네, 치네

『문학사상』(1980. 2)

박고지 말리는 狼山골
학이 된 百結선생
돗자리 두루고 두루고
거문고줄 고르면
홋홋 밭머리 흩어지는
새떼
마당 가득 메워
더러는 굴뚝 모퉁이
떨어지는 메추라기

오호 한잔의 이슬

* 월간 『현대시학』에 발표한 작품으로, 시인이 소장한 문예지에 친필로 제목을 '오호'로 수정하였다. 이후 『문학사상』에 발표한 산문 「반의반쯤만 창틀을 열고」에 이 시를 제목 없이 삽입해 실으면서 내용을 대폭 수정하였고, 같은 시를 『충남문학』(1980. 7)에 '오호'라는 제목으로 다시 발표하면서 전체를 한 연의 형태로 바꾸었다.

연지빛 반달型

『주간시민』(1977. 5)

미풍 사운대는 반달型 터널을 만들자. 찔레넝쿨터널을. 모내기 다랑이에 비치던 얼굴, 찔레.

廢水가 흐르는 길, 하루 삼부 交替의 女工들이 봇물 쏟아지듯 쏟아져 나오는 시멘트 담벼락.

밋밋한 담벼락 아니라, 유리쪽 가시철망 아니라, 삼삼한 찔레넝쿨 터널을 만들자, 오솔길인양.

산머루같이 까만 눈, 더러는 팻기 가신 볼, 갈래머리 단발머리도 섞인 하루 삼부 交替의 암펄들아

너희들 고향은 어디? 뻐국 뻐꾹소리 따라 감꽃 지는 곳, 감자알은 아직 애리고 오디 또한 잎에 가려 떨떠름한

슬픔도 꿈인양 흐르는 너희들, 고향 하늘 보이도록. 목덜미, 발꿈치에도 쩔레향기 묻히도록.

연지빛 반달型 터널을 만들자.

*『주간시민』에 처음 발표한 작품으로, 시인이 소장한 문예지에 친필로 2연과 4연의 '交替'를 '교대'로 수정하였다.

고향 어귀에 서서

『충남문학』(1978. 2)

노랗게 속 차오르는 배추밭 머리에 서서
생각하노니
옛날에 옛날에는 배추꼬리도 맛이 있었나니 눈덮인 움 속에서 찾아냈었나니

하얗게 밑둥 드러내는 무밭 머리에 서서
생각하노니
옛날에 옛날에는 무꼬리 발에 채였었나니 아작아작 먹었었나니

달삭한 추억

산모롱을 구비도는 汽笛 소리에 떠나간 아희의 얼굴도 떠올랐었나니 달

덩이 처럼

때때로
이마 조아리며 빌고 싶은 故鄉

* 『충남문학』에 발표한 작품으로, 시인이 소장한 문예지에 친필로 제목을 '밭머리에
서서'로 고치고 중반 이후 내용을 일부 수정하였다.

제비꽃

『문예중앙』(1978 겨울)

송송 뚫린 6 · 25의 하늘. 어쩌다 襤褸를 걸치고 내, 먹이 위해 半裸의
거리 변두리에 주둔한 미군 부대. 차단한 病棟의 한낱 사역부로 있을 때.
하루는 저물녘 동부전선에선가의 후송해 온 나어린 異國兵士. 그의 얄팍한
手帖 갈피에서 본 나비 모양의 접힌 꽃 이파리 한 잎. 수줍은 듯 살포시 펼
쳐 보이든 떨리던 손의 꽃 이파리 한 잎. 어쩌면 따를 가르는 포화 속에서
도 그가 그린 건 한 점 풀꽃였던가. 어쩌면 자욱히 화약 냄새 걷히는 황토
밭에서 문득 누이를 보았는가. 한 포기 제비꽃에 어린 날의 추억도. 흡사
하늘이 하나이듯. 그 날의 차단한 病棟, 흐릿한 야전 침대 머리의 한 줄기
불빛, 연보라의 微笑.

* 계간 『문예중앙』에 발표한 작품으로, 시인이 이전에 『현대시학』(1976. 4)에 발표하
고 『백발의 꽃대궁』에 수록한 같은 제목의 시와 구분하기 위해 이 전집의 정본에서는

편의상 제목을 '제비꽃 2'로 하였다. 시인이 소장한 문예지에 친필로 "송송 뚫린"을 "수숫대 앙상한"으로, "나비 모양의 접힌 꽃이파리"를 "접힌 나비 모양의 꽃이파리"로 수정하고 일부 조사를 빼거나 추가하였다.

물기 머금 풍경 1

뭣하러 나왔을까

멍멍이

망초 비낀 논둑길

꼴베는 아이

뱁새

돌아갔는데

뭣하러 나왔을까

누굴 기다리는 것일까.

멀리 줄지어 스치는

물기 머금

國道의 불빛

* 『백지』에 발표한 작품으로, 시인이 원고지에 친필로 일부 구절을 수정했으며, 이후 『문학사상』(1980. 2)에 발표한 산문 「반의반쯤만 창문을 열고」 안에 이 시를 삽입해 실었다.

물기 머금 풍경 2

『엘레강스』(1979. 12)

반쯤 들창 열고 본다.

드문드문 상고머리 솔밭 길
넘어가는 누른 해
반쯤만 본다.
잉잉 우는 전신주
귀퉁이에 매달린 연꼬리
아슬히 빗긴 소년의 꿈도

반의 반쯤만 본다.

비가 올 것인가.

눈이 올 것이다.

* 월간 『엘레강스』에 발표한 작품으로, 시인이 소장한 잡지에 친필로 2연 1행의 "길"
을 삭제하였다.

六月 노래

『동백』 창간호(1946. 2)

六月은
아츰港口 띠인꽃배

남淡紅에 무친
百日紅 '엿트'

접시 접시 꽃은
하얀 돋대 달고

파리花에 離別의 情을 시러
蘭草 맵시고은 遊客이여

동근冠 해바라기꽃貿易船
婪婪이도 치장한百合号

장미는 外國배
초월한 表情이여

茉莉花에 넘치는 船室
풍鈴날리듯 낯버레樂師들

횟바람 行進曲에
야릇한 핀뎅이

감폭 바람품은
枳子울 三角帆

銀빛 玉수수대
出帆의 貝笛을 부러

雲水의行旅인 노란나비
밀 밭동산에 궁구러오다

바다色 하늘가에
흐르는 자마리떼

六月은
파랑港口 世界航路

萬國旗 나부끼는
出帆前에 꽃船団

새벽

『동백』창간호(1946. 2)

새벽하늘
無限한
草原이다

가는 구름은
안개속에 꿈을깨인
山羊의 群團

그들에 길목에는
曉星이
斷崖우에 百合송이만양

이슬품고 眞珠母色으로
머르이
방울 흔들다

夢陽先生靈前에

『현대』(1947. 9)

모자를 버스라
너도나도 당신도

朝鮮아 너의 어린품않에
꽃도 피기前
人民의 指導者 夢陽先生 가시다
政治도 學者도 雄辯家도 아닌
名譽나 지位나 호사스런 그런것은
더군다나 아닌
毒한彈丸 叛逆의칼속
불길처럼 솟아오르는 眞情을 人民의 權利로
아로색인 높은行列의 旗幅에 더펴가신님
설주도 스기前
朝鮮아 너의 夢陽은
우리指導者 夢陽先生을
어느 먼곳으로 여위야 했드냐
어두움에
빛과함께 前進하든 뭇 작은별들도
잠시 머리숙여라
우리들을 위하야 희생하는 先驅者의 피보다
슬픈건 있으랴
맑은 샘물이 쉴새없이 고이듯 坊坊谷谷 三千萬의
追悼가 腸子를 끊는 하늘아래
무릎꿀어
사람들
다시 업드려라

우유꽃 언덕

동방신문(1949. 11. 18)

우유꽃 언덕에
팔려온 망아지가 운다

망아지는
귀가커서 외로웠다

아침에 하늘빛 푸르든 강물이
어디매 마을로 소낙비 지났다

뒷산 길처럼
붉은 黃土빛이다

그 무렵의 바다

동방신문(1949. 12. 8)

바다로 가세
바다
하얀물결 푸른물결
출렁이는 바다
바다에 무엇이 있나
아다무와 이부는

無花果 잎사귀로 부끄러운데를 가려도

나려올 地上이 있었다

시골이 좋아 시골에 가도

도市가 그리워 도市에 와도

마음 시늠 시늠 않는¹⁾ 비들기

아예 天國은 바랄나위 없고

天國도 아니고 地上도 아닌

무엇이 있으면 좋겠네

너는

몇 禁斷의 열매를 따먹었니

검은 바위 터지거라 햇살

하얀 활字의 羅列……

모래알은 손을지펴 읽어도

도다²⁾ 바다의 年輪은 헤아릴수 없다

바다 저편 무엇이 있나

더펄머리 날리며 잠시

갈매기 되리

고기비린내 배인 潮風 …옛詩의

조각을 풍기며

바다 저편 바다 끝이 있다

바다끝에서

---

1) '앓는'의 오식으로 보인다.

2) '도시'(아무리 해도)의 오식으로 보인다. 이에 대해서는 이 시를 발굴하여 소개한 박수연 교수가 말한 바 있다. 박수연, 「현실의 비극을 거느린 향토 풍경」, 『문학의오늘』 2020년 가을호, 394쪽.

眞理에의 挑戰

虛無와의 挑戰

바다끝에는

○○○○³⁾ 들어보진⁴⁾ 못하고

부대껴 부대껴 죽은 哀愁의

쓰러진 墓碑가 있다

휘정 휘정 바다로 드러가지

못하겠디다⁵⁾

가즈런히 가라앉는 血液器피 처럼

가러앉는 바다는 아름답다

바다끝에는 또바다가 있다

철철이 물들은 단풍 길을

흔들리며 흔들리며 들여오는 종소리

무거운 그림자가 바다속에서 거꾸로돌아슨다

가슴에도

푸른물결 하얀물결이 꽃무늬처럼 얼룩이는

바다

도라오는길

아 그무렵엔

한울도 바다처럼 출렁거렸다

---

3) 4~5개의 글자가 쓰여 있는데, 거의 지워져 판독이 불가능하다.

4) '들'과 '진' 두 글자는 추정한 것이다. 글자가 많이 지워져 정확한 판독이 어렵다.

5) '못하겠다'의 오식으로 보인다.

까마귀처럼

동방신문(1950. 3. 12)

언제든

거리에 나스면

발자욱이 있었다

나라흥 짝을 지어

종종 지줄대며 지나가는 발자욱

방금 육깐을 나와

가슴피고 똑바로 거러오는 발자욱

비스름히 半円을 글여

멋지게 굽으러지는 발자욱

紳士 淑女발자욱 고무신 짚신 지가다비

오가는 발자욱들이

장마때의 江줄기처럼

汎濫하는 것이 였으나

職을 찾어 굶주린 肝을 안고

움트는 三月 풀냄새에 취해

울며 헤매이든 무렵

아무리 굽어 보아도

나의 발자욱은 없었다

敗軍의 老馬처럼

야위여 가는 肝이

둥둥 風船처럼 逃走하는 것만 같애

아……

380

나는
이뿌지 못한 肝을 따라
갈래 갈래 까마귀처럼
하늘
날으고 있었는지도
몰라………….

물오리에……

동방신문(1950. 5. 20)『호서문학』창간호(1952. 9)[6]

긴돌다리 물이흐른다. 물오리야 山
그림자 움짓안하는 물오리야 진주구
슬꿈을꾸느냐 모래밭에 목데미를묻는
꿈을꾸느냐 바다의 자개마양 마음의
문닫았느냐 말못하는것아
停止하고 있는것 그것은 좋은것인지
가을구름처럼 沈想하는것아 하얀 낮
달빛이 살구나무 숲을 거닐고 있다
그러나 하늘의 푸르름이 몸에 배도
록 외로움이 흐르느냐
五月햇빛은 풀바다마양쏘다지고 멀리

---

6) 이 작품은『호서문학』창간호(1952. 9)에 실린 원영한의 산문「시에 부치는 글」에
전문이 소개되어 있는데, 이 글에는 해당 작품이 동방신문 1950년 5월 20일자에 발표
된 작품이라고 명기되어 있으나 현재 해당 지면은 찾을 수 없다.

들끝을 돌돌굴러가는 午後의 列車 ─
아 ─ 물오리 깊은꿈에잠기어 沈想하는
새

풀각씨

중도일보(1958. 4. 20)

겨우내
길섶에서
사뭇 치웠구나
옷깃을 여며 여며 살어 왔구나
우리들
풀각씨야

지금은
양지마다
흙을 뚫고 새싹ㅅ들의
가지마다
태양을 향하여 새잎들의
한아름 염원을 보듬은
계절
풀각씨야

지금은 보리밭 푸르름

연기처럼 나부끼고
오후의 기적소리
자부름을 물어
조용히 목으로 감기는
계절
풀각씨야

아
가진건 없어도
우리들
한껏 즐겨야 할
또
피멍이 가시는
계절
풀각씨야

겨우내
음달에서
사뭇 치웠구나
옷깃을 여며여며 살어왔구나
우리들

잃어버린 椅子

그의
빵을 벌어가며 가야할 개미의
길이었다

그의
밀리어도 밀리어도 헤치며 나아가야 할
길이었다

그의
―잃어버린 椅子

하늘에도 충충계는 있었다
저 墓등에 뜬 한편 구름을
잡으면 永遠히 所有될 것인가

그는
閑居란 刑罰보다 무서운
―種의 刑罰이라 생각하였다

그의
홀로라도 홀로 헤치며 나아가야 할
길이었다

언덕 1

뻗히면
닿을 듯한
하늘이었다

가시내
지우고
가버린 하늘

부여안고
부여안고

슬리는
보라빛

언덕 2

차단한

언덕에
달이 걸린다

언덕을
넘어
갈거나

서선거리고
서선거리다

눈물자국
하얗게
비눌 돋는다

새집

앙상한 나무 가지 끝에
빈 새집이 바람에 흔들리우고 있다
넓은 들 볏가리 하나 하나
걷히고
슬플 줄 모르는
하늘가
말 없이 왔다 떠난
허전한 자리여

일즉히 에미새와 애비새의 이름으로
이루어지던 사랑의 보금자리여
어데 또 다른 기다리는 故鄕은 있었던가
서리처럼 하얀
아침이 오가고
집집마다 싸리문 꼭 닫히고
이제
앙상한 나무 가지 끝에
빈 새집이 바람에 흔들리우고 있다

白紙

바람처럼 아무곳에도 발을
디딜랴 하지 않았다
한 번은 피우고 싶었던 꽃망울
잘못 이루워 틀리는 이름으로
불리우면 어찌하리 하늘아래
오늘도 하얀 조이를 띄운다

길

볏가리 걷힌

빈 들 쓸쓸하였다

落葉진
울

탱자나무 울
쓸쓸하였다

灰白色
低音

나르는
기러기

얼골에는
눈보라 치고 있었다

하늘

나즉한
울타리
하나를 두고
항시
이웃에 있어라.

가만히
우러러 보면
조용히
금이 간
이 가슴에

對答도 없이
알알히
들어와
박혀
꿈꾸듯
하늘.

이탈리아의 庭園

쓰디쓴 커피
환이 造作한
나무 나무의 그림자

層層 집웅 그림자가
골자구니를
이루웠다

능금이 떨어진다
하얀 女子의 손수건이 떠러진다

검은 키쓰가
황홀한 푸른 달빛속에
즐거움 같이 떠러진다

오리온 星座는
담복 짙어
꿈은 더욱 맑고
사랑의 동산

     * *

산산이 부스진 生活이여
여기는 이탈리아의
정원이 아니다

3, 5, 9 아무렇게나 쌓여진
빈 깡통
쓰다 버린
오렌지 껍줄.

百원짜리 촛불이 하염없이 조는
茶집의 부엌 窓.

그 窓을

밤 바다의 물결처럼 구비쳐 치는
빗발.
그속에서
시름을 씹으며
紫煙에서 흐르는
音樂을 씹으며
치디찬 茶잔을
씻는다.

판세

온 하루 보리 누른 바람
온 하루 밀 누른 바람
푸른 樹木과 그늘과 黃土길의
鄕愁가
地面보다 짙으게 기운 湖水.

庭園

그늘진
뜰은
우는 새도 없이
빈 鳥籠.

어제의
언덕에
구름이 떴다.

아무렇게나
떠도
좋은 風景인
구름과 같이
아
그렇게 살수는 없다.

비오는 날

비 방울은
주르르
유리창은
흐리드라

고양이는
빗줄기 쳐다보고
나는야
물오리 그리는데

빗 방울은
주르르
유리창은
흐리드라.

後園

옥수수 오동꽃이 떠러저 누은
나즉한 後園은 조고만 港灣…
아무 防波堤도 없이 사뭇 물보라
처 흔들리는 푸른 마음의 港灣.

風神

겨울
어느날 果園길에 일은
風神이
홀연
참새떼처럼 날리는
落葉을 몰아
머리를 풀고
하늘로 올라가더이다.

노고지리 1節

해종일
둥둥둥둥
하늘로 오르는
노고지리

오늘도
너는 新羅千年의 노을을
낚으랴는가

슬픈 지형도

사랑함은 얼마나 외로운
일이냐
몰래 아무도 몰래 안타까히
떨리는 이름이여
지우면 지울수록 지우지 못 하는
지점에
슬픈 지형도가 생겼습니다
눈물의 산맥
그리움의 강
어둠 속 곱게 타오르는
燐火처럼

당신에게 펴는 마음의
지형도 위에
노래도 없이
푸른 눈은 나려
눈을 쌓여

이것은 쓰디쓴 담배재

아무리 굽어보아도
보이지 않는
헤아리면 헤아릴수록
헤아릴 수 없는
그러한 깊은 층층계에
나는 능금처럼
떠러져 있다
이제 어머니의 자장가는
잃어버렸고
世情은 오히려 感傷이였다.

벗은 나무처럼 서서
模糊한 人生이
너무 詩를 쉽게 묶는가브다
오늘밤도 소복이 쌓이는

검은 밤의 그림자

꿈에서 본 구슬같은
잠시 유리창에 머믄
구름같은
흰 旗를 세우고 안타까히
가는 요령소리 같은
어제가 오늘이 아니기 때문에
먼 날 같은
허망하고도 찬란한 노래
를 위하야
검은 밤의층층계를 타고
하나의그림자가
간다.
'소곰돌처럼 짜디짠 곳'

꿈에서 본 구슬같은
잠시 유리창에 머믄 구름같은
흰 旗를 세우고 안타까히
가는 요령소리 같은
어제가 오늘이 아니기 때문에
먼 날 같은
허망하고도 찬란한 노래
는 고별하기 위하야
別다른 또 하나의

그림자가
검은 밤의 층층계를
타고
지웃지웃거리며
간다.

무제 1

밤이면
골목 골목
마다
초록별이 지키는
어머니의 집을
너무 오랫동안
나는
잃어버렸습니다

어머니
이슥하여
山頂에 걸리는
새달은
꼭
누구를 위하여서
비는것에 分明한데

비는것만이
당신에의
길이라면
아
새달처럼
빌지도 못하겠읍니다

어머니의 얼골
처럼 늙은
어머니의 집이여.

무제 2

눈길을 털며 털며 地球를 몇바퀴 돌아온 새여
저 구름속까지도 헤매다 헤매다 돌아온 새여
연탄 한 장의 겨울밤이
한자루 촛불의 짧은 밤이
이토록 이토록 깊고 무서울 줄이야
생활이란 아슬한 횃대
흔들리는 흔들리는 횃대에
부리를 묻고 잠을 자는 에미새여
눈길을 털며 털며 地球를 몇바퀴
도는 꿈을 꾸는가

먹이를 찾아 먹이를 찾아
저 구름 속까지도 헤매다 헤매다
다시 돌아오는 꿈을 꾸는가.

梅花詞

귀양길에 자랐어도
매디는 없다.
매디는 없어도
決意로 산다.
눈보라의 분수령을 넘어서 왔다
비바람의 강물을 건너서 왔다
넘고 돌고 돌아서
일각문에 들었다

오롯한 맹서 오무는
애틋한 봉오리
봉오리 마다 콩깍지
씌워주고 싶구나.

향기는 오히려
허리춤에 접어라
뉘우치지 않으리
하늘밖에 나온 가지

매화포로 터지라
화약냄새 없이

매디는 없어도
決意로 산다.

무제 3

오오직 한번만의 人生이라지만 두 번 인생을 살고 싶다 허락된다면 세
번, 다섯 번…….
어제도 醉中였기에 오늘도 醉中이기에.
어제도 本意아니였기에 오늘도 本意아니기에.
순간이래도 本意대로 한번을 살아보고 싶다.
들국화를 보며, 들길을 가며.

소꿉

달밤에 달밤에
옛날의 금모래 집을 짓고
달밤에 달밤에
옛날의 은모래 집을 짓고

은모래집에는

금고무래 나무고무래
금모래집에는
　은고무래 나무고무래

라일락

　소복소복 눈 내리는 서울의 뒷길 山番地, 눈에 젖던 이웃집 쏘냐의 솔자락에 묻은 한 점 異國의 香. 그것이 라일락 향긴줄이야 그 땐 어찌 아랐으리오. 라일락 향을 맡으면 떠오른다, 떠오른다. 上行列車의 막 벨소리에 곤두박치는 까쮸샤의 물빛 머리수건도, 復活節의 비둘기도.

첫 눈이 올 때

山너머 마을에
첫눈은 날리는가
들속의
온천장
자작나무 밑등
유난히 밝은데
짐짓
탈곡기 걷운
뚝 아래
짚단머리

파르르 떨리는
송장 메뚜기
먼날의
哭琴소리.

便紙

미닫이 하나 사이를 두고
春香아
봄비 뿌리누나
섬돌 적시며
산수유 가지
망울 트겠다
蓮塘의
봇물
버드나무 밑둥까지
차 오누나
네가 접던 종이배
내가 띄우누나
잔물결에 밀려
주름 지누나
미닫이 하나 사이를 두고
春香아
검은 머리 파뿌리

생각하누나

무제 4

어둠은 쌓여 무엇이 되는가
들창가 비치는 불빛 되는가

어둠은 쌓여 무엇이 되는가
토담의 용마름 박꽃 되는가

어둠은 쌓여 쌓여
우물 속 총총 별이 되는가

무제 5

까각 까각 때까치 딸아 갈가나
까옥 까옥 까마귀 딸아 갈가나
소곤소곤 아가의 창가
봄이야기
불이야기 딸아 갈가나
누더기 걸친
도둑놈의 열두 대문
열두 대문 밀고

박용래 시 연보

「가을의 노래」, 『현대문학』 1955. 6. 『싸락눈』 『강아지풀』 수록.

「황토(黃土)길」, 『현대문학』 1956. 1. 『싸락눈』 『강아지풀』 수록.

「땅」, 『현대문학』 1956. 4. 『싸락눈』 『강아지풀』 수록.

「엉겅퀴」, 『현대문학』 1956. 10. 『싸락눈』 『강아지풀』 수록.

「코스모스」, 『현대문학』 1957. 11. 『싸락눈』 『강아지풀』 수록.

「눈」, 『현대문학』 1957. 11. 『싸락눈』 『강아지풀』 수록.

「설야(雪夜)」, 『현대문학』 1957. 11. 『싸락눈』 『강아지풀』 수록.

「소묘(素描)―풍경(風景)」, 『현대문학』 1958. 3. 『싸락눈』에 「풍경(風景)」, 『강아지풀』에 「봄」으로 수록.

「소묘(素描)―마을」, 『현대문학』 1958. 3. 『싸락눈』 『강아지풀』에 「옛 사람들」로 수록.

「소묘(素描) 2편―고향(故鄕)」, 『현대문학』 1958. 6. 『싸락눈』 『강아지풀』에 「고향(故鄕)」으로 수록.

「소묘(素描) 2편―산견(散見)」, 『현대문학』 1958. 6. 『싸락눈』 『강아지풀』에 「산견(散見)」으로 수록.

「뜨락」, 『현대문학』 1958. 9. 『싸락눈』 『강아지풀』 수록.

「울타리 밖에도 화초(花草)를 심는 마을의 시(詩)」, 『현대문학』 1959. 2. 『싸락눈』 『강아지풀』에 「울타리 밖」으로 수록.

「잡목림(雜木林)」, 『현대문학』 1959. 8. 『싸락눈』 『강아지풀』 수록.

「추일(秋日)」, 『현대문학』 1960. 2. 『싸락눈』 『강아지풀』 수록.

「둘레」, 『현대문학』 1960. 9. 『싸락눈』 수록.

「엽서(葉書)에」, 『현대문학』 1961. 12. 『싸락눈』 수록. 『강아지풀』에 「엽서(葉書)」로 수록.

「그늘이 흐르듯」, 『현대문학』 1962. 5. 『싸락눈』 수록.

「소묘(素描)―모과차(木瓜茶)」, 『현대문학』 1963. 5. 『싸락눈』『강아지풀』에 「모과차(木瓜茶)」로 수록.

「소묘(素描)―가학리(佳鶴里)」, 『현대문학』 1963. 5. 『싸락눈』『강아지풀』에 「가학리(佳鶴里)」로 수록.

「소묘(素描)―두멧집」, 『현대문학』 1963. 5. 『싸락눈』에 「두멧집」으로 수록.

「소묘(素描)―모일(某日)」, 『현대문학』 1964. 1. 『싸락눈』에 「모일(某日)」Ⅰ~Ⅲ, 『강아지풀』에 「모일(某日)」로 수록.

「오후(午後)」, 『현대문학』 1965. 1. 『싸락눈』에 「해바라기」, 『강아지풀』에 「고추잠자리」로 수록.

「저녁눈」, 『월간문학』 1969. 4. 『싸락눈』『강아지풀』 수록.

「겨울밤」, 『싸락눈』(1969. 6). 『강아지풀』 수록. 시인의 소장 시집에 창작 시점이 1953년 2월로 명기.

「종(鍾)소리」, 『싸락눈』(1969. 6). 시인의 소장 시집에 창작 시점이 1954년 3월로 명기.

「고향 소묘(故鄕素描)」, 『싸락눈』(1969. 6). 시인의 소장 시집에 창작 시점이 1958년 3월로 명기.

「한식(寒食)」, 『싸락눈』(1969. 6). 시인의 소장 시집에 창작 시점이 1958년 5월로 명기.

「정물(靜物)」, 『싸락눈』(1969. 6). 시인의 소장 시집에 창작 시점이 1965년 11월로 명기.

「세모(歲暮)」, 『싸락눈』(1969. 6). 시인의 소장 시집에 제목을 '장갑'으로 수정, 창작 시점이 1965년 12월로 명기.

「작은 물소리」, 『싸락눈』(1969. 6). 시인의 소장 시집에 창작 시점이 1967년 10월로 명기.

「수중화(水中花)」, 『싸락눈』(1969. 6). 『강아지풀』 수록.

「삼동(三冬)」, 『싸락눈』(1969. 6). 『현대문학』(1969. 8) 『팽나무』(1971. 12) 『강

아지풀』수록.

「그 봄비」,『현대시학』1969. 11.『강아지풀』수록.

「담장록(錄)」, 동아일보 1969. 11. 15.『강아지풀』에「담장」으로 수록.

「강아지풀」,『월간문학』1969. 12.『강아지풀』수록.

「들판」,『현대문학』1970. 1.『강아지풀』수록.

「소감(小感)」,『현대시학』1970. 4.『강아지풀』수록.

「친정(親庭)달」,『현대시학』1970. 4.『강아지풀』에「손거울」로 수록.

「울안」,『현대시학』1970. 4.『강아지풀』수록.

「능선(稜線)」,『현대시학』1970. 4.『강아지풀』수록.

「고흐」,『현대문학』1970. 6.

「공주(公州)에서」, 대전일보 1970. 8. 6.『현대시학』(1970. 11)『강아지풀』수록.

「낮달」,『현대시학』1970. 11.『강아지풀』수록.

「먼 곳―수(袖)」,『현대시학』1970. 11.『강아지풀』에「먼 곳」으로 수록.

「하관(下棺)」,『여성동아』1970. 12.『청와집』『강아지풀』수록.

「고도(古都)」,『현대문학』1971. 1.『청와집』『강아지풀』수록.

「양귀비」,『시문학』1971. 1.『강아지풀』에「댓진」으로 수록.

「창포」,『시문학』1971. 1.『강아지풀』수록.

「사면(斜面)」,『월간문학』1971. 2.『충남문학』(1971. 5)『청와집』『강아지풀』에
「낙차(落差)」로 수록.

「자화상(自畵像) 1」,『현대시학』1971. 5.『강아지풀』수록.

「저문 산(山)」, 조선일보 1971. 9. 14.『강아지풀』에「천(千)의 산(山)」으로 수록.

「공산(空山)」,『청와집』(1971. 10).『강아지풀』수록.

「고월(古月)」,『청와집』(1971. 10).『강아지풀』수록.

「서산(西山)」,『월간문학』1972. 1.『강아지풀』수록.

「취락(聚落)」,『풀과 별』1972. 8.『강아지풀』수록.

「이명(耳鳴)」,『현대시학』1972. 11.『강아지풀』에「귀울림」으로 수록.

「금강상류(錦江上流)」,『월간문학』1972. 11.『강아지풀』에「나부끼네」로 수록.

「별리(別離)」,『시문학』1972. 12.『강아지풀』수록.

「미음(微吟)」, 서울신문 1973. 1.『강아지풀』수록.

「샘가」,『신동아』1973. 2.『강아지풀』에「샘터」로 수록.

「반 잔(盞) ─ 고(故) 자운(滋雲) 형(兄)에게」,『시문학』1973. 2.『강아지풀』수록.

「시락죽」,『문학사상』1973. 5.『강아지풀』수록.

「자화상(自畵像) 2」, 조선일보 1973. 5. 29.『강아지풀』수록.

「차일(遮日)」,『현대시학』1973. 6.『강아지풀』수록.

「울할매」, 동아일보 1973. 7. 21.『강아지풀』에「할매」로 수록.

「연시(軟柿)」,『현대문학』1973. 8.『강아지풀』수록.

「환(幻)」,『현대문학』1973. 8.『강아지풀』에「요령(鐃鈴)」으로 수록.

「불도둑」,『월간중앙』1973. 10.『강아지풀』수록.

「꽃물」,『한국문학』1973. 12.『강아지풀』수록.

「뻿기」,『시문학』1974. 1.

「자화상(自畵像) 3」,『현대시학』1974. 6.

「밤」,『현대시학』1974. 6.『강아지풀』에「우중행(雨中行)」으로 수록.

「탁배기(濁盃器)」,『창작과비평』1974 여름.『강아지풀』수록.

「곰팡이」,『창작과비평』1974 여름.

「접분(接分)」,『창작과비평』1974 여름.

「솔개 그림자」,『심상』1974. 9.『강아지풀』수록.

「점묘(點描)」,『월간문학』1974. 9.『강아지풀』수록.

「해바라기 단장(斷章)」,『한국문학』1974. 12.『강아지풀』수록.

「만선(滿船)을 위해」,『새충남』1975. 1.

「소나기」,『강아지풀』(1975. 5). 육필 원고에 창작 시점이 1974년 3월로 명기.

「경주(慶州) 민들레」,『강아지풀』(1975. 5). 육필 원고에 창작 시점이 1974년 11월로 명기.

「현(弦)」,『강아지풀』(1975. 5). 육필 원고에 창작 시점이 1975년 1월로 명기.

「겨울 산(山)」,『강아지풀』(1975. 5). 육필 원고에 창작 시점이 1975년 1월로 명기.

「누가」, 『문학과지성』 1975 여름. 『백발의 꽃대궁』(1979. 11) 수록.

「눈오는 날」, 『문학과지성』 1975 여름. 『백발의 꽃대궁』에 「눈발 털며」로 수록.

「백야(白夜)」, 『문학과지성』 1975 여름. 『백발의 꽃대궁』에 「우편함(郵便函)」으로 수록.

「풀꽃」, 『현대문학』 1975. 9. 『백발의 꽃대궁』 수록.

「면벽(面壁) 1」, 서울신문 1975. 『백발의 꽃대궁』 수록.

「처마밑」, 『한국문학』 1975. 10.

「사르비아」, 『시문학』 1975. 11. 『백발의 꽃대궁』에 「불티」로 수록.

「계룡산(鷄龍山)─충남일보(忠南日報) 창간(創刊) 25주년(週年)에 부쳐」, 충남일보 1975. 11. 11.

「학(鶴)의 낙루(落淚)」, 『월간중앙』 1975. 12.

「난(蘭)」, 『난』 1975. 12.

「구절초(九節草)」, 『주간조선』 1976. 『백발의 꽃대궁』 수록.

「월훈(月暈)」, 『문학사상』 1976. 3. 『백발의 꽃대궁』 수록.

「종소리」, 『호서문학』 5집(1976. 4). 『백발의 꽃대궁』에 「먹감」으로 수록.

「제비꽃」, 『현대시학』 1976. 4. 『백발의 꽃대궁』 수록.

「모색(暮色)」, 서울신문 1976. 『백발의 꽃대궁』에 「얼레빗 참빗」으로 수록.

「콩밭머리」, 『한국문학』 1976. 6. 『백발의 꽃대궁』 수록.

「목련초(木蓮抄)」, 『현대문학』 1976. 7. 『백발의 꽃대궁』에 「목련(木蓮)」으로 수록.

「군산항(群山港)」, 『심상』 1976. 7. 『백발의 꽃대궁』 수록.

「사역사(使役詞)」, 경향신문 1976. 7. 1.

「건들 장마」, 『현대문학』 1977. 1. 『백발의 꽃대궁』 수록.

「만종(晩鐘)」, 『월간문학』 1977. 2. 시인의 소장 잡지에 제목을 '잔'으로 수정.

「논산(論山)을 지나며」, 『월간문학』 1977. 2.

「바람 속」, 『세대』 1977. 3.

「박명기(薄明記)」, 『현대시학』 1977. 4. 『문학사상』(1980. 2) 산문에 삽입. 『충남문학』(1980. 7)에 「오호」로 발표.

「풍경(風磬)」, 『한국문학』 1977. 5. 『백발의 꽃대궁』 수록.

「연지빛 반달형(型)」, 『주간시민』 1977. 5.

「상아(象牙)빛채찍」, 『신동아』 1977. 9. 『백발의 꽃대궁』에 「장대비」로 수록.

「유우(流寓)」, 『현대시학』 1977. 10. 『백발의 꽃대궁』에 「유우(流寓) 1」로 수록.

「동요풍(童謠風)—민들레」, 『문학사상』 1977. 11. 『백발의 꽃대궁』 수록.

「동요풍(童謠風)—나비」, 『문학사상』 1977. 11. 『백발의 꽃대궁』 수록.

「동요풍(童謠風)—가을」, 『문학사상』 1977. 11. 『백발의 꽃대궁』 수록.

「동요풍(童謠風)—원두막」, 『문학사상』 1977. 11. 『백발의 꽃대궁』 수록.

「동요풍(童謠風)—나뭇잎」, 『문학사상』 1977. 11. 『백발의 꽃대궁』 수록.

「길」, 『심상』 1977. 12. 『백발의 꽃대궁』에 「나귀 데불고」로 수록.

「유우(流寓)」, 『현대문학』 1978. 2. 『백발의 꽃대궁』에 「유우(流寓) 2」로 수록.

「고향 어귀에 서서」, 『충남문학』 1978. 2. 시인의 소장 잡지에 제목을 '밭머리에 서서'로 수정.

「진눈깨비」, 『한국문학』 1978. 5. 『심상』(1980. 9) 『백발의 꽃대궁』 수록.

「노랑나비 한 마리 보았습니다 목월(木月)선생님 산(山)으로 가시던날」, 『심상』 1978. 5. 『백발의 꽃대궁』에 '헌시(獻詩)'만 「해시계—목월(木月)선생 묘소에」로 수록.

「점묘(點描)」, 『주부생활』 1978. 6. 『백발의 꽃대궁』에 「폐광 근처(廢鑛近處)」로 수록.

「매미」, 『문학사상』 1978. 8. 『백발의 꽃대궁』에 「참매미」로 수록.

「곡(曲) 5편—여우비」, 『문학과지성』 1978 가을. 『백발의 꽃대궁』 수록.

「곡(曲) 5편—허수아비」, 『문학과지성』 1978 가을. 『백발의 꽃대궁』에 「마을」로 수록.

「곡(曲) 5편—대추랑」, 『문학과지성』 1978 가을. 『백발의 꽃대궁』 수록.

「곡(曲) 5편—황산(黃山)메기」, 『문학과지성』 1978 가을. 『백발의 꽃대궁』 수록.

「곡(曲) 5편—어스름」, 『문학과지성』 1978 가을. 『백발의 꽃대궁』 수록.

「백로(白露)」, 『월간문학』 1978. 12. 『백발의 꽃대궁』에 「은버들 몇 잎」으로 수록.

「한(翰)」, 『현대시학』 1978. 12. 『백발의 꽃대궁』에 「산문(山門)에서─홍희표(洪禧杓)에게」로 수록.

「도화(圖畫)」, 『심상』 1978. 12. 『백발의 꽃대궁』에 「성(城)이 그림」으로 수록.

「미닫이에 얼비쳐」, 『심상』 1978. 12. 『백발의 꽃대궁』 수록.

「제비꽃」, 『문예중앙』 1978 겨울.

「소리─신년송(新年頌)」, 서울신문 1979. 1. 1. 『백발의 꽃대궁』 수록.

「사연(事緣)」, 『여성중앙』 1979. 2. 『백발의 꽃대궁』에 「오늘은」으로 수록.

「면벽(面壁)」, 『한국문학』 1979. 3. 『백발의 꽃대궁』에 「면벽(面壁) 2」로 수록.

「인동(忍冬)」, 『신동아』 1979. 4. 『백발의 꽃대궁』에 「영등할매」로 수록.

「안신(雁信)」, 『현대시학』 1979. 4. 『백발의 꽃대궁』에 「행간(行間)의 장미」로 수록.

「곡(曲)」, 『심상』 1979. 5. 『백발의 꽃대궁』 수록.

「안행(雁行)」, 『심상』 1979. 5. 『백발의 꽃대궁』에 「막버스」로 수록.

「이문구(李文求) / 쇠죽가마」, 『문학사상』 1979. 6. 『백발의 꽃대궁』에 「쇠죽가마─이문구(李文求)」로 수록.

「목침(木枕)을 돋우면」, 『월간문학』 1979. 7. 『백발의 꽃대궁』에 「목침(木枕) 돋우면」으로 수록.

「산수유꽃」, 소년한국일보 1979. 8. 11. 『백발의 꽃대궁』에 「풍각장이」로 수록.

「짝짝이」, 『세대』 1979. 9. 『백발의 꽃대궁』에 「동전(銅錢) 한 포대(布袋)」로 수록.

「물기 머금 풍경 1」, 『백지』 1979 가을. 『문학사상』(1980. 2) 산문에 삽입.

「달밤」, 『여성중앙』 1979. 10. 『백발의 꽃대궁』에 「상치꽃 아욱꽃」으로 수록.

「홍시(紅柿)가 있는 풍경」, 『학원』 1979. 11. 『백발의 꽃대궁』에 「홍시(紅柿) 있는 골목」으로 수록.

「저물녘」, 『문학사상』 1979. 11.

「물기 머금 풍경 2」, 『엘레강스』 1979. 12.

「액자 없는 그림」, 『문예중앙』 1979 겨울. 『백발의 꽃대궁』 수록.

「겨레의 푸른 가슴에 축복(祝福) 가득─신년시(新年詩)」, 충청일보 1980. 1. 1.

「Q씨의 아침 한때」, 『현대문학』 1980. 2. 『백발의 꽃대궁』 수록.

「부여(扶餘)」, 『심상』 1980. 3.

「버드나무 길」, 『현대시학』 1980. 4.

「보름」, 『한국문학』 1980. 5.

「앵두, 살구꽃 피면」, 『현대문학』 1980. 8.

「열사흘」, 『현대문학』 1980. 8.

「명매기」, 『현대시학』 1980. 8.

「점 하나」, 『주부생활』 1980. 9.

「손끝에」, 『선미술』 1980 가을.

「먼 바다」, 『한국문학』 1980. 11.

「음화(陰畵)」, 『세계의문학』 1980 겨울.

「육십의 가을」, 『세계의문학』 1980 겨울.

「첫눈」, 『세계의문학』 1980 겨울.

「마을」, 『세계의문학』 1980 겨울.

「초당(草堂)에 매화(梅花)―선배(先輩) 장영창(張泳暢)님 회갑(回甲)에」, 『청파』 1980. 12.

「오류동(五柳洞)의 동전(銅錢)」, 『심상』 1984. 10. 유고. 창작 시기는 1979년 9월경으로 추정됨.

「갓새」, 『심상』 1984. 10. 유고. 창작 시기는 친필로 1980년 11월로 메모되어 있음.

「꿈속의 꿈」, 『한국문학』 1984. 10. 유고. 창작 시기는 1979년 9월경으로 추정됨.

「뻐꾸기 소리」, 『한국문학』 1984. 10. 유고. 창작 시기는 1979년 9월경으로 추정됨.

「때때로」, 『서정시학』 2021 가을. 유고. 창작 시기는 1980년 10월로 추정됨.

「나 사는 곳」, 『서정시학』 2021 가을. 유고. 창작 시기는 1980년 11월로 추정됨.

등단 이전과 직후 발표작

「6월(六月) 노래」, 『동백』 창간호(1946. 2)

「새벽」, 『동백』 창간호(1946. 2)

「몽양선생영전(夢陽先生靈前)에」, 『현대』 1947. 9.

「우유꽃 언덕」, 동방신문 1949. 11. 18.

「그 무렵의 바다」, 동방신문 1949. 12. 8.

「까마귀처럼」, 동방신문 1950. 3. 12.

「물오리에……」, 동방신문 1950. 5. 20.

「풀각씨」, 중도일보 1958. 4. 20.

미발표작

「잃어버린 의자(椅子)」, 1950년 무렵.

「언덕 1」, 1950년 무렵.

「언덕 2」, 1950년 무렵.

「새집」, 1950년 무렵.

「백지(白紙)」, 1950년 무렵

「길」, 1950년 무렵

「하늘」, 1950년 무렵

「이탈리아의 정원(庭園)」, 1950년 무렵

「판세」, 1950년 무렵

「정원(庭園)」, 1950년 무렵

「비오는 날」, 1950년 무렵

「후원(後園)」, 1950년 무렵

「풍신(風神)」, 1950년 무렵

「노고지리 1절(節)」, 1950년 무렵

「슬픈 지형도」, 1950년 무렵

「이것은 쓰디쓴 담배재」, 1950년 무렵

「검은 밤의 그림자」, 1950년 무렵

「무제 1」, 1954년 무렵.

「무제 2」, 1958년 무렵.

「매화사(梅花詞)」, 1973년 무렵.

「무제 3」, 1976년 무렵.

「소꿉」, 1977년 무렵.

「라일락」, 1978년 무렵.

「첫 눈이 올 때」, 1979년 무렵.

「편지(便紙)」, 1979년 무렵.

「무제 4」, 1979년 무렵.

「무제 5」, 1980년 무렵.

박용래 연보

1925년(1세)　2월 6일(음력 1월 14일) 충남 논산군 강경읍 본정(현 홍교리) 78번지에서 아버지 박원태朴元泰와 어머니 김정자金正子 사이의 4남 2녀(봉래鳳來, 학래鶴來, 홍래鴻來, 붕래鵬來, 용래龍來, 상래象來) 중 막내 쌍둥이의 형으로 태어남. 쌍둥이 동생 상래는 그해 11월 2일에 사망했으며 넷째 붕래는 박용래가 태어나기 전인 1923년 6월 11일에 사망함. 부모와 형제자매의 출생지는 부여군 부여면 관북리 70번지임. (제적등본에는 그의 생년월일이 1925년 8월 15일로 기록되어 있는데 이는 출생신고일임.)

1933년(9세)　강경공립보통학교 입학. 3, 4, 5학년 때 급장을 맡았으며, 글짓기 대회에서 여러 차례 수상함. 보통학교 재학중 첫째 봉래의 일본 유학비와 둘째 학래의 치료비로 가세가 기울어 강경의 옥녀봉 기슭으로 이사함.

1939년(15세)　보통학교 졸업. 강경상업학교 입학. 1, 2학년 때는 학업 성적이 전체 1등이었고, 통솔력도 뛰어나 4, 5학년 때 학교 부급장을 맡고 대대장 역할을 수행하기도 했으며, '경기반競技班'과 '상미반商美班' 반장으로 활동하는 등 운동과 미술에도 뛰어난 기량을 보임.

1940년(16세)　박용래를 어머니처럼 보살펴주었던 열 살 터울의 홍래 누이가 3월에 출가해 12월 산후출혈로 사망함. 이 충격으로 감상적 성격을 지니게 되고, 홍래 누이의 죽음이 평생의 시적 원천으로 자리하게 됨.

1943년(19세) 강경상업학교 졸업. 조선은행 군산 지점에서 면접을 본 후 입행.

1944년(20세) 1월 10일 조선은행 경성 본점에서 근무 시작. 일본인으로 가득한 은행 본점에서 극심한 외로움을 겪고, 돈을 다루는 일이 자신과 맞지 않음을 절감함. 현금 수송을 위해 목단강행 열차를 타고 청진으로 가면서 난생처음 본 북방의 눈과 열차 안의 유이민의 모습이 가슴에 크게 각인됨. 5월 1일 조선은행 대전 지점이 신설되자 서울을 벗어나 자연 곁에서 지내고 싶어 전근을 자원함.

1945년(21세) 일제의 개정 병역법에 따라 징병검사를 받고 7월 초에 징집됨. 한 달 남짓 일제의 사역병 노릇을 하다 8월 15일 용산역에서 해방을 맞음.

1946년(22세) 대전의 정훈 시인이 주도한 향토시가회에 합류하여 시 모임을 가지면서 정훈, 박희선과 함께『동백冬柏』지를 창간하고 시「6월六月 노래」와「새벽」을 발표함. 동래에 거주하는 김소운 선생 댁을 방문하여 문학에 대한 열망을 피력함.

1947년(23세) 조선은행을 사직함. 대전에 용무차 내려온 박목월을 만나 문학 이야기를 들으며 시인의 길을 걸을 것을 다짐함.

1948년(24세) 대전 계룡학관(호서중학교) 교사로 근무.

1950년(26세) 1월 충청남도 국민학교 교사 채용시험 합격. 6·25전쟁이 발발하여 논산으로 피신함.

1952년(28세) 『호서문학』창간 회원으로 참여함.

1953년(29세) 서울에 있는 출판사인 창조사의 편집부에서 근무. 11월에 부친이, 12월에 모친이 온양에서 사망함.

1954년(30세) 4월 대전 덕소철도학교 국어 교사로 취임.

1955년(31세) 1월 중학교 국어과 준교사 자격증 취득. 『현대문학』 6월호에 「가을의 노래」로 1회 추천을 받음. 문우인 원영한 시인의 소개로 12월 24일 대전 출신의 간호사 이태준李台俊과 결혼해 대전 보문산 기슭의 대사동에서 신혼생활을 시작함.

1956년(32세) 『현대문학』 1월호에 「황토黃土길」이, 4월호에 「땅」이 박두진 시인에 의해 추천되어 문단에 오름. 대전 덕소중학교(덕소철도학교에서 개명) 교사 사임. 대사동에서 용두동으로 이사.

1957년(33세) 장녀 노아魯雅 출생.

1959년(35세) 차녀 연燕 출생.

1961년(37세) 6월 대전 한밭중학교 상업 담당 교사로 취임, 8월 사임. 11월 당진 송악중학교 국어 담당 교사로 취임. 삼녀 수명水明 출생. 제5회 충청남도문화상 문학 부문 수상.

1962년(38세) 송악중학교 교사 사임.

1963년(39세) 대전시 중구 오류동 17-15번지로 이사. 택호를 청시사靑枾솝로 지은 이곳에서 생을 마칠 때까지 거주하며 숱한 작품을 창작함.

1966년(42세) 사녀 진아眞雅 출생.

1968년(44세) 차녀 박연의 그림이 초등학교 5, 6학년 미술 교과서에 실리게 되어 자신의 그림 소질이 둘째에게 전해진 것을 확인하고 매우 기뻐함.

1969년(45세) 6월 첫 시집『싸락눈』간행.

1970년(46세) 제1회 현대시학작품상 수상.

1971년(47세) 『현대시학』9월호부터 이듬해 6월호까지 산문「호박잎에 모이는 빗소리」연재. 10월 한성기, 임강빈, 최원규, 조남규, 홍희표 등 대전의 시인들과 함께 공동시집『청와집』을 출간함. 장남 노성魯城 출생.

1973년(49세) 대전북중학교 교사로 취임하여 4개월가량 근무하다 고혈압 증세가 악화되어 퇴사.『현대시학』신인 추천 심사위원으로 위촉.

1974년(50세) 한국문인협회 충남 지부장에 피선.

1975년(51세) 두번째 시집『강아지풀』간행.

1976년(52세) 『문학사상』7월호부터 12월호까지 산문「호박잎에 모이는 빗소리」연재를 이어감. 일본 도주샤冬樹社에서 간행된『현대한국문학선집』에「눈」「코스모스」「울타리 밖」「추일秋日」「별리別離」「소나기」「솔개 그림자」일곱 편이 일역되어 실림.

1979년(55세) 세번째 시집『백발의 꽃대궁』간행.

1980년(56세) 7월 교통사고로 2개월간 입원 치료. 10월 장녀 노아 결혼. 11월 21일 심장마비로 자택에서 별세. 11월 23일 충남문인협회장으로 영결식 거행. 충남 대덕군 산내면 삼괴리 천주교 공원묘지에 안치. 12월 제7회 한국문학작가상 수상.

작품 색인

ㄱ

가을 → 동요풍(童謠風) — 가을

가을의 노래 29, 252

가학리(佳鶴里) 43, 273

갈새 238

강아지풀 68

건들 장마 121, 322

검은 밤의 그림자 396

겨레의 푸른 가슴에 축복(祝福) 가득 217

겨울밤 26

겨울 산(山) 118

경주(慶州) 민들레 114

계룡산(鷄龍山) 198

고도(古都) 81, 299

고월(古月) 87

고추잠자리 50, 282, 283

고향(故鄉) 41, 270, 271

고향 소묘(故鄉素描) 57

고향 어귀에 서서 → 밭머리에 서서

고흐 187

곡(曲) 166

곡(曲) 5편(篇) — 대추랑 150, 345

곡(曲) 5편(篇) — 마을 150, 344

곡(曲) 5편(篇) — 어스름 153, 347

곡(曲) 5편(篇) — 여우비 149, 343

곡(曲) 5편(篇) — 허수아비 → 곡(曲) 5편
　(篇) — 마을

곡(曲) 5편(篇) — 황산(黃山)메기 152, 346

곰팡이 193

공산(空山) 75, 294

공주(公州)에서 76, 295

구절초(九節草) 128, 324

군산항(群山港) 134, 329

귀울림 91, 307

그늘이 흐르듯 54, 286

그 무렵의 바다 377

그 봄비 67, 289

금강상류(錦江上流) → 나부끼네

길 387

길 → 나귀 데불고

까마귀처럼 380

꽃물 108

꿈속의 꿈 240

ㄴ

나귀 데불고 141, 334

나뭇잎 → 동요풍(童謠風) — 나뭇잎

나부끼네 104, 316

나비 → 동요풍(童謠風) — 나비

나 사는 곳 244

낙차(落差) 82, 300, 301

난(蘭) 205

낮달 78, 296

노고지리 1절(節) 394

노랑나비 한 마리 보았습니다 목월(木月)선
　생님 산(山)으로 가시던날 → 해시계
논산(論山)을 지나며 208, 365
누가 122
눈 25, 247
눈발 털며 123
눈오는 날 → 눈발 털며
능선(稜線) 74, 293

ㄷ

달밤 → 상치꽃 아욱꽃
담장 72, 292
담장록(錄) → 담장
대추랑 → 곡(曲) 5편(篇) ─ 대추랑
댓진 86, 303
도화(圖畵) → 성(城)이 그림
동요풍(童謠風)─가을 138, 333
동요풍(童謠風)─나뭇잎 139, 333
동요풍(童謠風)─나비 138, 332
동요풍(童謠風)─민들레 138, 332
동요풍(童謠風)─원두막 139, 333
동전(銅錢) 한 포대(布袋) 172, 359
두멧집 56, 288
둘레 63, 289
들판 69, 290
땅 28, 250, 251
때때로 242
뜨락 36, 261

ㄹ

라일락 401

ㅁ

마을 235
마을 → 곡(曲) 5편(篇) ─ 마을 / 소묘(素
　描) ─ 마을
막버스 167
만선(滿船)을 위해 195
만종(晩鐘) → 잔
매미 → 참매미
매화사(梅花詞) 399
먹감 135, 330
먼 곳 79
먼 바다 231
면벽(面壁) 1 126
면벽(面壁) 2 162, 354
명매기 227
모과차(木瓜茶) 45, 275
모색(暮色) → 얼레빗 참빗
모일(某日) 48, 279, 280, 281
목련(木蓮) 132, 327
목련초(木蓮抄) → 목련(木蓮)
목침(木枕) 돋우면 170, 357
목침(木枕)을 돋우면 → 목침(木枕) 돋우면
몽양선생영전(夢陽先生靈前)에 375
무제 1 397
무제 2 398
무제 3 400
무제 4 403
무제 5 403
물기 머금 풍경 1 214, 371
물기 머금 풍경 2 216, 372
물오리에…… 381

미닫이에 얼비쳐 158, 350
미음(微吟) 93, 308
민들레 → 동요풍(童謠風)―민들레

ㅂ
바람 속 209, 366
박명기(薄明記) → 오호
반 잔(盞) 95, 310
밤 → 우중행(雨中行)
밭머리에 서서 212, 369
백로(白露) → 은버들 몇 잎
백야(白夜) → 우편함(郵便函)
백지(白紙) 387
버드나무 길 222
별리(別離) 92
보름 223
봄 46, 276, 277
부여(扶餘) 221
불도둑 99, 312
불티 127, 323
비오는 날 392
뺏기 189, 363
뻐꾸기 소리 241

ㅅ
사르비아 → 불티
사면(斜面) → 낙차(落差)
사역사(使役詞) 206
사연(事緣) → 오늘은
산견(散見) 44, 274
산문(山門)에서 156, 349

산수유꽃 → 풍각장이
삼동(三冬) 52, 285, 286
상아(象牙)빛채찍 → 장대비
상치꽃 아욱꽃 174, 360
새벽 375
새집 386
샘가 → 샘터
샘터 94, 308
서산(西山) 89, 305
설야(雪夜) 27, 248, 249
성(城)이 그림 157, 350
세모(歲暮) → 장갑
소감(小感) 70, 291
소꼽 400
소나기 109
소리 177, 361
소묘(素描) 2편(篇)―고향(故鄉) → 고향
  (故鄉)
소묘(素描) 2편(篇)―산견(散見) → 산견
  (散見)
소묘(素描)―가학리(佳鶴里) → 가학리(佳
  鶴里)
소묘(素描)―두멧집 → 두멧집
소묘(素描)―마을 → 옛 사람들
소묘(素描)―모과차(木瓜茶) → 모과차(木
  瓜茶)
소묘(素描)―모일(某日) → 모일(某日)
소묘(素描)―풍경(風景) → 봄
손거울 71, 291
손끝에 229
솔개 그림자 112, 321

쇠죽가마 168

수중화(水中花) 53

슬픈 지형도 394

시락죽 96

ㅇ

안신(雁信) → 행간(行間)의 장미

안행(雁行) → 막버스

액자 없는 그림 171, 358

앵두, 살구꽃 피면 225

양귀비 → 댓진

어스름 → 곡(曲) 5편(篇) ― 어스름

언덕 1 385

언덕 2 385

얼레빗 참빗 131, 327

엉겅퀴 35, 259, 260

여우비 → 곡(曲) 5편(篇) ― 여우비

연시(軟柿) 100, 313

연지빛 반달형(型) 211, 368

열사흘 226

엽서(葉書) 42, 272

엽서(葉書)에 → 엽서(葉書)

영등할매 164, 355

옛 사람들 47, 278

오늘은 161, 353

오류동(五柳洞)의 동전(銅錢) 237

오호 210, 366

오후(午後) → 고추잠자리

요령(鐃鈴) 102, 314

우유꽃 언덕 377

우중행(雨中行) 111, 320

우편함(郵便函) 124, 323

울안 73, 292

울타리 밖 37, 262, 263

울타리 밖에도 화초(花草)를 심는 마을의
    시(詩) → 울타리 밖

올할매 → 할매

원두막 → 동요풍(童謠風) ― 원두막

월훈(月暈) 130, 326

유우(流寓) 1 136, 331

유우(流寓) 2 143

6월(六月) 노래 373

육십의 가을 233

은버들 몇 잎 155, 348

음화(陰畵) 232

이것은 쓰디쓴 담배재 395

이명(耳鳴) → 귀울림

이문구(李文求)/쇠죽가마 → 쇠죽가마

이탈리아의 정원(庭園) 389

인동(忍冬) → 영등할매

잃어버린 의자(椅子) 384

ㅈ

자화상(自畵像) 1 83

자화상(自畵像) 2 106, 319

자화상(自畵像) 3 191

작은 물소리 62

산 207, 365

잡목림(雜木林) 38, 264, 265

장갑 59, 288

장대비 142, 335

저녁눈 51, 284

저문 산(山) → 천(千)의 산(山)

저물녘 215

점묘(點描) 113, 322

점묘(點描) → 폐광 근처(廢鑛近處)

점 하나 228

접분(接分) 194

정물(靜物) 60

정원(庭園) 391

제비꽃 129, 325

제비꽃 2 213, 370

종(鍾)소리 58

종소리 → 먹감

진눈깨비 145

짝짝이 → 동전(銅錢) 한 포대(布袋)

ㅊ

차일(遮日) 98, 311

참매미 148, 342

창포 85, 302

처마밑 197

천(千)의 산(山) 88, 304

첫눈 234

첫 눈이 올 때 401

초당(草堂)에 매화(梅花) 236

추일(秋日) 40, 266, 268

취락(聚落) 90, 306

친정(親庭)달 → 손거울

ㅋ

코스모스 33, 256, 258

콩밭머리 133, 328

Q씨의 아침 한때 176

ㅌ

탁배기(濁盃器) 110

ㅍ

판세 391

편지(便紙) 402

폐광 근처(廢鑛近處) 147, 341

풀각씨 382

풀꽃 125

풍각장이 180

풍경(風磬) 137, 331

풍경(風景) → 봄

풍신(風神) 393

ㅎ

하관(下棺) 80, 297, 298

하늘 388

학(鶴)의 낙루(落淚) 204

한(翰) → 산문(山門)에서

한식(寒食) 61

할매 105, 318

해바라기 → 고추잠자리

해바라기 단장(斷章) 115

해시계 146, 336

행간(行間)의 장미 165, 356

허수아비 → 곡(曲) 5편(篇) ― 마을

현(弦) 117

홍시(紅柿)가 있는 풍경 → 홍시(紅柿) 있는
    골목

홍시(紅柿) 있는 골목 159, 351

환(幻) → 요령(鐃鈴)

황산(黃山)메기 → 곡(曲) 5편(篇)—황산
(黃山)메기

황토(黃土)길 31, 253, 254

후원(後園) 393

박용래

1925년 충청남도 강경에서 태어나 강경상업학교를 졸업하고 조선은행에 입사했다. 1946년 정훈, 박희선과 함께 『동백』지를 창간했으며, 1947년 조선은행을 사직하고 시쓰기에 전념했다. 1955년 『현대문학』 6월호에 「가을의 노래」, 1956년 1월호와 4월호에 「황토길」과 「땅」이 박두진 시인에 의해 추천되어 시단에 나왔다. 1969년 첫 시집 『싸락눈』을 간행하고 이듬해 제1회 현대시학작품상을 수상했으며, 1975년 두번째 시집 『강아지풀』, 1979년 세번째 시집 『백발의 꽃대궁』을 펴냈다. 1980년 11월 심장마비로 별세했다. 사후에 제7회 한국문학작가상을 수상했다.

고형진

고려대 국어교육과와 동대학원 국문학과를 졸업했다. UC 버클리 객원교수를 지냈고, 현재 고려대 국어교육과 교수로 재직중이다. 저서로 『시인의 샘』 『현대시의 서사지향성과 미적 구조』 『또하나의 실재』 『백석 시 바로 읽기』 『백석 시를 읽는다는 것』 『백석 시의 물명고』 등이, 엮은 책으로 『정본 백석 시집』 『정본 백석 소설·수필』이 있다. 2001년 김달진문학상을 수상했다.

박용래 시전집
ⓒ박연, 고형진 2022

초판인쇄 2022년 11월 15일
초판발행 2022년 11월 30일

지은이 박용래 | 엮은이 고형진
책임편집 이상술
디자인 엄자영 유현아
마케팅 정민호 이숙재 박치우 한민아 이민경 안남영 왕지경 김수현 정경주
브랜딩 함유지 함근아 김희숙 고보미 박민재 박진희 정승민
제작 강신은 김동욱 임현식 | 제작처 천광인쇄사(인쇄) 신안문화사(제본)

펴낸곳 (주)문학동네 | 펴낸이 김소영
출판등록 1993년 10월 22일 제2003-000045호
주소 10881 경기도 파주시 회동길 210
전자우편 editor@munhak.com | 대표전화 031) 955-8888 | 팩스 031) 955-8855
문의전화 031) 955-3578(마케팅) 031) 955-8864(편집)
문학동네카페 http://cafe.naver.com/mhdn
인스타그램 @munhakdongne | 트위터 @munhakdongne
북클럽문학동네 http://bookclubmunhak.com

ISBN 978-89-546-8992-2 03810

잘못된 책은 구입하신 서점에서 교환해드립니다.
기타 교환 문의: 031) 955-2661, 3580

www.munhak.com